齋藤 孝の天才伝 2

サン＝テグジュペリ

大切なことを忘れない「少年力」

大和書房

サン=
テグジュペリ
天才の理由

アントワーヌ・ド・
サン=テグジュペリ
Antoine de Saint-Exupéry
（*1900—1944*）

世界的な超ベストセラー『星の王子さま』で知られるフランスの文学者。
十字軍の時代にまで家系をさかのぼることのできる伯爵家に生まれる。
サハラ砂漠を横断するフランス—西アフリカ間の郵便飛行や、
未開拓であった南アメリカ間の航路確立のための飛行士として活躍。
第二次大戦時、長距離偵察飛行に出撃し、44歳で消息を絶つ。
著作には、実体験をもとにした『人間の土地』、『夜間飛行』などがある。

写真はリビア砂漠に墜落した愛機とサン=テグジュペリ。（1935～36年）。

天才の理由
その1

人類史上に残る不滅の大ベストセラー

『星の王子さま』の著者！

『星の王子さま』は、『聖書』、『資本論』に次ぐ人類の大ベストセラー。子どもにだけじゃなく大人にも、時代を超えて大人気！　これだけ人の心をとらえて離さない物語を書けたのだから、理屈抜きにスゴイ！

天才の理由
その2

ポジショニングの勝利
飛行士としての体験を文学へ昇華

当時、人間がもっとも高い視点を持てた飛行機。操縦席から見える人間世界、孤独の感覚、生のすばらしさを、はじめて文学作品化しました。〝ポジション取り〟の天才でした。

天才の理由 その3

星にいちばん近い場所から再発見

人がいかに生きるべきかをロマンティックに説く

郵便飛行機や偵察機《ていさつき》のパイロット仲間との交流の中で見つけた人間同士の絆《きずな》。死ととなり合わせの操縦席で、サン＝テグジュペリは、〝人として大切なもの〟を探し続けました。

あっ

齋藤孝の
天才伝

第4章

彼の見ていた風景が見える

キーワードで読み解くサン＝テグジュペリ　87

第5章

空飛ぶ詩人は実際こんな人でした

エピソードでわかるサン＝テグジュペリ　107

第1章

サン＝テグジュペリの考え方

本当に大切なものを探し続けた

01

人間にとっていちばん大切なことを探そう

サン＝テグジュペリが生きた時代は、資本主義が発達し始めた頃でした。最先端の物質文明の利器《りき》である飛行機に乗りながら、彼は人間にとって大切なものは何かを考え続けました。現実世界と戦いながら、少年のようにそれを問うことをやめませんでした。

彼の人生の集大成ともいえる『星の王子さま』でもっとも有名な言葉、**「かんじんなことは、目には見えない」**（『星の王子さま』内藤濯訳／岩波少年文庫）はそんな彼のひとつの到達点です。そしてこの言葉は現在まで、童話や小説やマンガやアニメまで、さまざまな物語によって繰り返し繰り返し語られ、受け継がれています。

02 子ども時代を自分の中から消さない

人はだれでも大人になるにつれて、さまざまなことを忘れるものです。現実世界を生き抜くのは大変ですし、そこから学ぶことが多いのはたしかです。

しかし、目の前のことにばかり囚《とら》われすぎると、本当に自分が望んだことを忘れてしまいがちです。

「おとなは、だれも、はじめは子どもだった。（しかし、そのことを忘れずにいるおとなは、いくらもいない）」（『星の王子さま』）

サン＝テグジュペリは、人間に生きる力を与えてくれるのは子ども時代の記憶であることをよく知っていました。昔子どもだったことを忘れている大人のために『星の王子さま』という物語を書いたのです。

03

孤独だからこそ自分を作り上げられる

サン＝テグジュペリはサハラ砂漠の飛行場主任として約一年間暮らしています。『星の王子さま』で重要な役割を果たすキツネのモデルになったフェネック（砂漠に生息するキツネの一種）を飼ったりもしています。

しかしやはり砂漠は過酷《かこく》。死の危険を幾度も経験します。そしてそれでも彼は砂漠を愛し続けます。

「孤独で全てがむき出しのサハラ砂漠で暮らした人は、その日々を自分の人生でもっとも美しい時だったと懐かしむはずだ」（『人生に意味を』渡辺一民訳／みすず書房）

サン＝テグジュペリは孤独の中でこそ、自分と向き合い、多くのことがつかめることを知ったのです。

04

人間とつながること その意味と価値を信じること

サン＝テグジュペリがもっとも大事にしたものに「友情」があります。彼は自分自身を誇るより、素《す》晴《ば》らしい人間と友人になれたことに誇りを持っています。どんな状況であっても、いや危機的状況であればあるほど、人と人とが友情で結ばれる瞬間があることを彼は体験で知っていました。

「危機の瞬間が訪れる。そのとき、彼らはたがいに援《たす》け合う」（『人間の大地』山崎庸一郎訳／みすず書房）

彼は戦争や厳しい仕事の中で悲惨なものも多く見ていますが、探し求め、描き続けたのは気高く誇り高い人間の姿でした。

05

責任感と意志力が人間を美しくする

サン＝テグジュペリが作品の中で繰り返し訴えたテーマに、友情とともに自己犠牲の精神があります。

彼の誇り高い飛行士仲間が命をかけて責務を果たす姿に、また祖国のために戦う人々の姿に、人間の尊厳を取り戻す方法を見いだします。

「人間であるということは、とりもなおさず責任をもつことだ」（『人間の土地』堀口大學訳／新潮文庫）

この世で為《な》すべきことに責任を持ち、それを果たす意志力を持つこと。人間はそうして美しい存在になれるのです。

06

厳しさの中にこそ豊かさがある

サン=テグジュペリは飛行機に乗ることで、高い視点を得ました。地球というものを見て、こう感じていたのです。

「地球は僕らにとっては荒涼でもあり、同時にまた豊穣《ほうじょう》でもある」（『人間の土地』）

時に人間の努力などはねのけてしまう大自然が持つ厳しさ。それでもあまりにも美しく在る世界。自然の前で私たちはみな等しく無力であると同時に、独自の可能性を持って存在していることを、彼は人々から遠く離れた飛行機の中で感じていたのです。

07 人はいつでも自分の居場所を探すことができる

私たちは自分の居場所を探し続けます。みんなが自分の星を探す旅の途中にあり、出会い、別れていきます。時々、何を探していたのか忘れてしまうことがあります。

「星が光っているのは、みんながいつか、じぶんの星に帰っていけるためなのかなあ」（『星の王子さま』）

星は空にあります。地にうつむいてしまうのではなく、空を見上げればきっと自分の星を探せる……。サン=テグジュペリは、何のために生きているのかを見失いそうな「大人」にこの物語を残したのです。

08

愛することを学ぶこと

若い頃はいまひとつもてなかったサン＝テグジュペリも、なかなか恋多き人だったようです。彼の恋文はちょっと甘えているようで、時にとてもロマンティックです。

「君の額に手をあてるとき、そこに星を散りばめたくなる……」（『バラの回想』コンスエロ・ド・サン＝テグジュペリ／香川由利子訳／文藝春秋）

傷つくことも多かったようですが、彼は愛することも決してあきらめない男だったのです。

09

それでも世界は美しい！

サン＝テグジュペリはこの世界で隠されてしまう真実を見つめ続けました。

目には見えないが、この世にたしかにあるもの。それゆえに耐え難い困難にうち勝つ力をくれるもの。人生を輝かせてくれるもの。それが目に見えなくても、存在を確信していました。

「砂漠が美しいのは、どこかに井戸をかくしているからだよ……」（『星の王子さま』）

決してあきらめない彼の願いが込められた言葉です。

第2章

サン゠テグジュペリの世界

世界的ベストセラーを生んだ

少年ゾーン

「子どもの国」で培われた

好きなもの

「ぼくの大好きなママン」
＝母・マリー

イラストを描くこと

音楽

数学と発明

星の王子さま

幼年期を過ごしたサン＝モーリスの**城館** ―― 永遠の**「子どもの国」**をつくりたいという欲望の原点

妻コンスエロとの葛藤《かっとう》 恋人たちとの不倫関係 ―― **バラの花**に〈水をやる〉

キツネを〈飼いならす〉 ―― **友情**の尊さ
親友
ギヨメ
メルモーズ
ヴェルト

井戸を**かくしている**から
美しい砂漠
｜
「大切なものは**目には見えない**」

サン＝テグジュペリの世界

行動ゾーン

飛行機乗り

砂漠の「孤独」と「無為」を愛する
サハラの中継基地
キャップ・ジュビー

夜間飛行で見た街灯火に感動
南米路線の開拓
アルゼンチン・ブエノスアイレス

「必要かつ不毛な仕事」
33―2飛行大隊
フランス・北アフリカ戦線

経験が作品に結実

小説

サハラ砂漠での「孤独」から誕生
『南方郵便機』

南米路線開拓に命をかける「勇気」を
『夜間飛行』

ドキュメンタリー小説の傑作
『人間の土地』

フランス軍崩壊までの対ナチス戦「実
『戦う操縦士』

経験が作品に結実

戦争

同胞同士が殺し合うことの不条理
スペイン内戦の取材

退却に次ぐ退却と僚友の死
対独戦争への従軍体験

ニューヨークのレジスタンス
アメリカへの参戦要請

手紙・手記類

ドイツ占領下で戦う
フランスの友人への「手紙」
『ある人質への手紙』

1935年から42年までの
内ポケットのノート
『手帖』

業績

世界中で大人気『星の王子さま』
不滅のベストセラーの秘密

世界中で一〇〇カ国語以上に翻訳されていて、『聖書』とマルクス[*1]の『資本論』[*2]に次いで、歴史上もっとも売れ続けている大ベストセラー。それが、サン＝テグジュペリの残した名作『星の王子さま』[*3]です。そんな大ベストセラーを、サン＝テグジュペリはどうして書くことができたのでしょうか。

「ね……ヒツジの絵をかいて！」

星の王子さまは、砂漠で遭難《そうなん》している飛行士の前に、こう言って意表をついた登場をして、読者を一気に作品世界の中へと引き込んでしまいます。

作者自らの筆によるかわいらしい挿《さ》し絵と、その文体に漂《ただよ》う気品……。でも、『星の王子さま』の人気の秘密は、**人間がいかに生くべきか**が、やさしく、しっかりと、しかも詩的に説かれているところにあります。

「いかに生きるべきか」なんてことは、非常に古典的な〝モラル〟に近

---

*1 マルクス
一九世紀に活躍した経済学者、革命家。資本主義経済を分析して共産主義を打ち立て、後の社会主義国家に大きな影響を与えた。

*2 『資本論』
一八六七年に一巻を刊行。全三巻。古典派経済学の批判を通じて、資本主義経済におけるさまざまな法則を分析した。

*3 『星の王子さま』
一九四三年にアメリカで初版刊行。サン＝テグジュペリの代表作。サハラ砂漠に墜落した飛行士が不思議な「星の王子さま」と出会い、生命や人間の絆など、人生の重要な問題についての指針を与えられる。

いものです。サン＝テグジュペリの説くモラルが今でも変わらず現代人の心を打つのは、彼が**お金で買えない人生の真実をとくに追求した**人だったからです。

王子さまの友だちとなったキツネは別れ際に、とてもすてきな秘密を王子さまに教えます。それは、「心で見なくっちゃ、ものごとはよく見えない」ということでした。そして「かんじんなこと」とは、「めんどうをみたあいてには、いつまでも責任があるんだ。まもらなきゃいけないんだよ」ということだったのです。つまり、**人間同士の絆の尊さ**が、『星の王子さま』の中で説かれているモラルなのです。そのことをサン＝テグジュペリは、フランス流の憂愁《ゆうしゅう》とアイロニーたっぷりに描いています。

『星の王子さま』は、サン＝テグジュペリが四三歳の時、二度と帰還することのなかった偵察飛行に出撃する前年の一九四三年に刊行された、彼の人生の集大成ともいえる作品です。『星の王子さま』に並ぶ彼の代表作として、一九三九年に刊行された『人間の土地』[*4]と、一九三一年に刊行された『夜間飛行』[*5]を挙げることができます。これらの作品に共通して

＊4『**人間の土地**』
飛行士としての自らの経験をつづったノンフィクション的な小説。友情の尊さなど、人生にとって大切なモラルを探求している。

＊5『**夜間飛行**』
南米における郵便飛行機の各路線を統括する責任者リヴィエールが主人公。飛行士ファビアンが暴風に巻き込まれて消息を絶つ一夜の物語。

説かれているのも、『星の王子さま』と同じく人間同士の〝絆〟についてです。

サン＝テグジュペリの作品のなかでもこの二作品ではとくに、彼が従事していた長距離の郵便飛行という仕事に就《つ》いている者同士の友情が描かれています。『人間の土地』と『夜間飛行』はともに、**仕事における責任感が中心となった友情物語**であると特徴づけることができます。

彼の作品すべてで繰り返して描かれる人間同士の〝絆〟の尊さとすばらしさは、時代を超えて、多くの人たちからの共感を得ています。これが、彼の作品がいつまでも読み継がれている理由です。

第二次世界大戦が始まってからは、長距離の偵察飛行機のパイロットとして戦争に参加します。この経験は、『戦う操縦士』や『ある人質への手紙』といった作品として結実します。僚友、あるいは戦友の〝かけがえのなさ〟への実感も、飛行士としての彼の実体験から得られたものでした。

人生

大空を自由に飛び回る
飛行機とともに歩んだ生涯

『人間の土地』の冒頭でサン=テグジュペリは、「**飛行機が、人間を昔からのあらゆる未解決問題の解決に参加させる結果になる**」と言っています。機上で過ごす時間の長かった彼にとって、長距離飛行機のパイロットとして過ごした時間がそのまま、作家としての思索《しさく》を深める時間となっていました。

サン=テグジュペリは、一九〇〇年にフランスで、没落貴族の長男として生まれました。一二歳のときに近所の飛行場ではじめて飛行機に乗せてもらうことができた彼は、**大空を自由に飛び回る感覚**を生涯、忘れることはありませんでした。

二六歳のときに、航空郵便を取り扱うラテコエール社に入社。フランスから、地中海とサハラ砂漠を越えてアフリカまで郵便物を配達する仕事に従事します。何日もかかる長距離飛行では、危険な夜間飛行も頻繁《ひんぱん》に行われました。二七歳のとき、サハラ砂漠の中継基地であるキャップ・ジュビー飛行場に赴任し、**砂漠に魅せられます**。この飛行場主任時代に、飛行機事故の遭難者の救出を何度も成し遂げ、砂漠の民ムーア人[*6]とフランス人の友好関係さえ築きます。ここでは、飛行士であり、探検家であり、外交官であるという八面六臂《はちめんろっぴ》の活躍を繰り広げます。

二九歳で、郵便航空路線を開発するためアルゼンチンに赴《おもむ》き、三八〇〇キロメートルに及ぶ路線網を管理しています。このアルゼンチン時代に、遭難した僚友ギヨメ[*7]の救出にアンデス山中へと駆けつけていますし、妻となるコンスエロ[*8]に一目惚《ひとめぼ》れもしています。

三九歳のときに第二次世界大戦が勃発してからは、**長距離偵察飛行**を任務とする航空部隊に配属され、母国フランスのために戦っています。四四歳の時に当時ドイツに占領されていたフランス本土偵察のためにコルシカ島から飛び立った飛行が、彼の最後のフライトとなりました。

このような長年におよぶ空を飛ぶ経験は、作家としてのサン＝テグジ

*6 **ムーア人**
アフリカ北西部に住む人々。この地域にもともと住んでいたベルベル人のうち、アラブ人による侵略を受けてイスラム教に改宗した人々をとくに指す。

*7 **ギヨメ**
ラテコエール郵便航空会社と南米のアエロポスタル社での同僚で、親友。アンデス山中で遭難し生還したエピソードは、『人間の土地』において描かれている。

*8 **コンスエロ**
一九〇一年、エルサルバドルに生まれる。一九三〇年にブエノスアイレスでサン＝テグジュペリと出会い、翌年にニースで結婚した。『星の王子さま』に登場するバラのモデルであったとされている。

ユペリに、どのような影響を与えたのでしょうか。

魅力

経験を生かした作家活動
孤独な操縦席からのメッセージ

『夜間飛行』（堀口大學訳／新潮文庫）のなかでサン=テグジュペリは、空へと飛び立つ感覚を次のように表現しています。

「この町から……僕はまたたくひまに遠ざかってしまうのだ。夜の出発は実に愉快だぜ。南を向いてガソリンのハンドルをちょっと引いたと思うと、十秒後には早くも景色を裏返しにして、北を向いて飛んでいるんだ。そうなるとこんな市なんか、海の底でしかない」

しかし、この飛び立つときの高揚感は長くは続きません。**長距離飛行の孤独な操縦席**で、上空何千メートルもの高さの雲の上から地表を眺める彼は、「ぼくらは一個の遊星の上に住んでいる。ときどき飛行機のおかげで、その遊星がわれわれに本来の姿を見せてくれる」（『人間の土地』）ということに気づきます。

サン＝テグジュペリの作品の魅力は、**確固たる経験に基づいていると**いうところにあります。小説ではあるけれども、ノンフィクションとしての魅力を持っているのです。王子さまの住んでいる星は、「ぼくらは一個の遊星の上に住んでいる」という感覚的なイメージで、彼が夜間飛行の最中の操縦席でメモしたイメージでした。

飛行機に乗るというのは現実的な行為ですけれども、そのなかには膨大な孤独な時間があり、操縦席でのサン＝テグジュペリは、よく夢想に浸っていたそうです。夢想するということは、**子ども時代の感覚を取り戻す**ことであり、そのような時間があったからこそ、『星の王子さま』のような、子どもの心が同居した作品が描けたのだと思います。

つづく3章では、サン＝テグジュペリの魅力の源泉について、より深く、さらに具体的に検証してみることにしましょう。

第3章

最期の瞬間まで飛び続けた

サン＝テグジュペリの夢見る人生絵巻

0歳

1900

アントワーヌ・ド・サン=テグジュペリ、伯爵家に生まれる。

6月29日、ジャン・ド・サン=テグジュペリ伯爵と妻マリーの長男として、フランスのリヨンで誕生。

「ぼくはどこの者か？　ぼくは子供時代の者だ。ぼくは一つの国の者であるように子供時代の者だ。」（『戦う操縦士』山崎庸一郎訳／みすず書房）

4歳

1904

父、脳卒中により死去。アン県のサン=モーリス・ド・レマンの城館で幼年時代を送る。

12歳

1912

はじめて飛行機を体験。

「その空はブルーだった。透明なブルーだった。透明すぎるぐらいだった。」（『飛行士と自然の力』山崎庸一郎訳／「ユリイカ」青土社）

19歳

1919

海軍兵学校の試験に不合格。パリ美術学校建築家の聴講生になる

21歳

1921

兵役によりストラスブール第2飛行連隊に入隊。民間飛行免許を取得。

サン=テグジュペリとその時代

1903　ライト兄弟が初飛行

1914　第一次世界大戦勃発

26歳

1926

ラテコエール航空会社に就職。

最初の郵便飛行。

「フランスには、己が行っていることを信じ、議論をしたり、不平をこぼしたりするよりも、行動することを愛している男たちがいた。」

（『大空を翔ける』阿川弘之責任編集／文藝春秋／同僚で親友のジャン・メルモーズの著書『わが飛行』より）

28歳

1928

サハラ砂漠で、不時着した友人を大冒険の末、救出。

「勇気というものはあまり立派な感情からできていません。憤怒がすこし、虚栄心がすこし、強情がたっぷり、それにありふれたスポーツ的な楽しさがまじっているだけの代物です」

（『サン＝テグジュペリの言葉』山崎庸一郎訳編／彌生書房）

29歳

1929

夜間飛行航路開発に従事。

南米パタゴニア線開設のため。

1926

小説『飛行士』が、「銀の船」誌上ではじめて活字となる

1929

サハラ砂漠のキャップ・ジュビー中継基地で執筆した『南方郵便機』がガリマール書店より出版

31歳

1931

コンスエロと結婚。

『星の王子さま』に登場するバラのモデルとされている。

「サン=テグジュペリはアルゼンチンから新しい本とフィアンセを持ち帰った。本を読み、もう一方と会った。大いに祝福した。だがとりわけ本のほうを……」（『ジッドの日記』アンドレ・ジッド／新庄嘉章訳／日本図書センター）

35歳

1935

リビア砂漠に不時着。遊牧民に救われて、奇跡の生還。

「真夜中にあなたを揺り動かし、起きあがらせ、駅へと馳せ向かわせる電報こそすばらしい。『スグコイ！キミガヒツヨウダ！』と。私たちを援《たす》けてくれるような友人はすぐ見つかる。だが、援けを求められる人間になるためには時間がかかる。」（『ある人質への手紙』山崎庸一郎訳／みすず書房）

36歳

1936

スペイン市民戦争の取材でカタルーニャ戦線へ。

38歳

1938

ニューヨーク―フエゴ島間の長距離飛行に挑戦するも、離陸に失敗し、重傷を負う。

1931

『夜間飛行』を出版

1939

第二次世界大戦勃発

39歳

1939

長距離偵察飛行としてフランス軍に従事。

「なにをおいてもフランスなのだ！」（サン＝テグジュペリの「フランス人への手紙」と題された、全フランス人の団結を訴える論説。一九四二年一一月、「ニューヨーク・タイムズ・マガジン」に掲載）

40歳

1940

ドイツ軍の侵攻による戦線崩壊のため、動員解除。渡米しニューヨークを拠点にして、ナチス政権への抵抗を呼びかける。

43歳

1943

アルジェリアに基地を置く33の2飛行大隊に復帰。

44歳

1944

偵察飛行に出撃し、消息を絶つ。

ドイツ軍戦闘機に撃墜されたものと推測される。

「文明。それに比べれば、死はさしたることではない。われわれは星に向かって消えた音楽である。」（『手帖』杉山毅訳／みすず書房）

1939
『人間の土地』を出版。アカデミー・フランセーズ小説大賞を受賞した。翌年にはアメリカで全米図書賞を受賞

1942
アメリカで『戦う操縦士』が六ヵ月間ベストセラー一位に

1943
『星の王子さま』の英語版とフランス語版が出版される

1945
第二次世界大戦終結

Point 1

「私は子ども時代人」

少年の心がハードな大人の世界を生き抜く原動力

ふつうの人だけど偉大

サン＝テグジュペリは若い頃から傑出《けっしゅつ》した才能を示していたわけではありません。『星の王子さま』はもちろん、『夜間飛行』や『人間の土地』といった優れた作品を書いたのですから、文学者として才能があったことは確かです。

しかし、彼は学生時代も特別優秀だったわけでもありませんし、若い頃は失意の連続です[*1]。軍隊除隊後、飛行士になりたいと願いますがなかなか上手くいかず、**タイル会社の会計係やトラックのセールスマン**などをしています。

飛行士になろうとしたときも、飛行学校では平凡な成績で、望んだ

*1 失意の連続
学生時代は数字が苦手。海軍兵学校をめざすが二回受験に失敗して断念。美術学校に入学後、兵役に就く。その後もはじめての婚約は破棄されたり、大変だった。

ポジションにはなかなかいけませんでした。
外見も**女性にもてるタイプとはとてもいえません**。大柄でがっちりして目鼻立ちはくっきりしていて醜男《ぶおとこ》ではないのですが、**「クマ」というニックネーム**がついています。

若い頃、自分の話ばかりしてさっさと引き上げるので、モテなかった

女性関係でもどこか引くところがあったようです。

「一メートル八四センチの巨躯《きょく》をもち、不器用で、強引で、無遠慮であると同時に、突然ふさぎ込んでしまい、相手を無視す

るといったアントワーヌは、若い女性に共感を与えなかった」（『サン＝テグジュペリの生涯』山崎庸一郎／新潮選書）

彼は自分で、こんなふうにも言っています。

「そうなんだ。ぼくはあまりひとに好かれないタイプなんだ。せいぜい、どこかいちばん遠い路線を、態然として飛んでいるのがふさわしい男なんだ」（『サン＝テグジュペリの生涯』山崎庸一郎）

彼は自己評価がけっして高い人間ではありませんでした。「たとえ世の中に認められなくても、自分には才能がある」と確信している多くの天才たちと比べると、ちょっと違うキャラクターです。

ただ、もし彼に他の人と違うところがあったとするなら、**自分の中の「少年」の力をベースにして、厳しい世の中ときちんと向き合い、きちんと生きたところ**です。

ただ自分のなかの聖域として「少年のような自分」を守ろうとするのではなく、ファッションのように「少年ぽさ」を売りにしたのでもありません。実際、『星の王子さま』が大成功するのは彼が飛行機で行方不明になった後です[*2]。自分が「少年のような心を持つ作家」というイメージを世界中で持たれるようになるなど想像もできなかったでしょう。

『星の王子さま』のなかには彼が出会った人、出会った出来事、彼が人生でつかみえたすべてのことが注ぎ込まれています。これは現実に対してサン＝テグジュペリが**少年のように誠実に**闘い続けたからこそ書くことができた物語なのです。

彼の「少年力」は現実と斬り結ぶときにこそ力を発揮するものです。そこに私たちが学べる点も多いのです。

子ども時代を有効活用する

子ども時代はたいていの人にとって、郷愁《きょうしゅう》をそそる幸せな時代でしょう。しかし、いつまでも子ども時代にとどまることはできません。みんな現実の世界に直面し、大人になっていきます。

しかしサン＝テグジュペリは、「ぼくはどこの者か？　**ぼくは子供時**

＊2　**行方不明**
サン＝テグジュペリは第二次大戦中の一九四四年、フランス軍の偵察機に乗り、任務中、消息を絶った。二〇〇三年彼の飛行機の残がいがマルセイユ沖で見つかった。

代の者だ。ぼくは一つの国の者であるように子供時代の者だ」（『戦う操縦士』）と言っています。

子どもの頃の記憶は、多かれ少なかれだれでも残っていますが、サン＝テグジュペリは、それを**自分の核**として持ち続けました。

日本人は、子ども時代を楽園として過ごす習慣があるので、子どもっぽさがずっと残りやすい国民性です。江戸時代以降、日本を訪れた西洋人は、日本を「子どもの楽園」と呼びました。日本では、大人になっても、子どもっぽさが残る男性がもてたりするように、子どもらしさに価値が置かれている面があります。

しかし、欧米、ことにフランスなどでは、子どもは鍛えられ直されて大人になるべき存在としてとらえられ、より成熟すること、より大人であることに価値が置かれています。子ども時代に積極的な意味を見い出す考え方は、日本人が思うほど、当り前ではなかったのです。

サン＝テグジュペリのように、**幸せに育った子ども時代の記憶を人間の本質的なあり方とする**ようなとらえ方は、西欧文化圏では必ずしも主流ではありません。

サン＝テグジュペリの両親はともに地方の名家出身で、父方の祖父は伯爵、母方の祖父は男爵です。あまり経済的には豊かとはいえないものの、どちらの家にも地位と城館がありました。

子ども時代に暖かな思い出の象徴であるストーブを「友」と呼ぶ

保険会社に勤めていた父は、サン＝テグジュペリが四歳になる前に亡くなります。その後、一家は母マリー[*3]の大叔母であるド・トリコー伯爵夫人のサン＝モーリス・

*3　母マリー
ピアノやギターを弾き、画を描き、子ども達にはたくさんの童話を聞かせた優しい母親だった。

ド・レマンスの城館で年の半分を過ごすことになります。サン=テグジュペリは、幼年時代[*4]の大半を過ごしたこのサン=モーリスでの生活を、大人になっても懐かしんでいます。

「二十九歳のときの母への手紙には、彼が知るうちで**もっとも素晴らしく、信頼でき、優しい友は、『サン=モーリスの上の階にあった小さなストーヴです**』という一節がある。『あれほどまでにぼくに安らぎを与えてくれたものは他にありません。（中略）なぜかはわかりませんが、ぼくは忠実な犬を思ったものです。あの小さなストーヴは、あらゆるものからぼくたちを守ってくれていました。（中略）あんなに素晴らしい友は他にはいません』（中略）『あなたは、ぼくが子ども時代をすごしたサン=モーリスの小さなストーヴのようでなければなりません。そのストーヴは、冬の夜、窓が凍てつくときに、ぼくの部屋で穏やかに音をたてていました。ぼくは起き上がって、小さなストーヴの丸いお腹がたてる音に聞き入ったものです。この小さな家庭の守護神に守られているような気がして、生きていることを幸せに思いながら、

*4　幼年時代
サン=テグジュペリは五人兄弟。二人の姉を持つ長男で、幼い頃は「太陽王」と呼ばれていた。

ベッドに戻ったのです』」（『サン＝テグジュペリの生涯』ステイシー・シフ／檜垣嗣子訳／新潮社）

こうした家の雰囲気をつくっていたのがサン＝テグジュペリの母親のマリーでした。彼にとって母こそが、「平安の源」「優しさの源泉」だったのです。

母への信頼が世界への信頼となって人生に踏み出していく

マザコン力をよいほうへ発揮する

サン＝テグジュペリは、母に「いつも悲しくなることが一つあります。それは大人になってしまったことです」（『サン＝テグジュペリの生涯』シフ）と手紙に書いています。どれほど幸福でも人は子ども時代から去り、大人にならなくてはなりません。

しかし、「**子どもの頃の思い出の世界は、**（中略）**他の世界より絶望的なほど本物らしく思えるのです**」（『サン＝テグジュペリの生涯』シフ）と言えるほど、自分の中に肯定感のある子ども時代を持つと、現実の世界と向き合い、生き抜く力を持つことができるのです。

彼は、大人になっても、自分の生活をまめに報告する手紙や「お母さん、お金を送ってください……」などと、援助を頼む手紙を頻繁《ひんぱん》に母親に送り続けています。

そうした手紙類を見ればよくわかりますが、いわゆる**マザコン**です。マザコンというと、今はとても悪いイメージがありますが、それ自体、別に悪いものではありません。

たとえば、**ビートたけし**[*5]や**写真家のアラーキー**[*6]など、自分がマザコンであることを臆面《おくめん》もなく、標榜《ひょうぼう》しています。彼らはみなさんがご

＊5 ビートたけし
一九四七年生まれ。漫才師として一世を風靡

存知のように、大きな仕事をしています。マザコンの人の中には、このように、それをバネにして自分を大きくする人たちがいます。

マザコンの人には、いい意味で、いつも母親に守られているという安心感があります。母親から離れて、外にいても、安心して家の中で母親に守られている状態です。

温かな雰囲気の中で包まれるように育った感覚が、彼の細胞の一つひとつにまでしみ込んだことはとても大きなポイントです。こうした**肯定感があること、感覚として幸福を知っていること**で、それを求めることができるからです。残念ながら感覚としての幸福を知らない人は、幸福へ向かうベクトルができにくいのです。その意味でサン=テグジュペリは現実に立ち向かい、自分を大きくするための非常に強い武器を持っていたのです。

サン=テグジュペリが現実世界で活路《かつろ》を見いだしたのは、飛行機に乗ることでした。

サン=テグジュペリは軍隊で希望どおり操縦訓練を受けられなかっ

し、タレントとして活躍。映画監督・北野武としてヴェネツィア国際映画祭金獅子賞受賞など多彩な活躍をする。

＊6 アラーキー
写真家・荒木経惟（のぶよし）の愛称。日常の人・情景を独特の感性で撮影し、人気を博す。代表作に『センチメンタルな旅』『愛しのチロ』など。

たために、民間航空のライセンスを取ろうとします。そのためには多額なお金が必要でした。そこで母親に泣きつきます。

「ママン、操縦したいという、この抗いがたい願望を知ってくだされば、ほんとうにいいのですが」「私は熟慮し、問い訊し、論議しました。（中略）お手紙でほんとうに考え抜いた末の決心しかしてはいけないと、おっしゃいましたね。誓って言いますがこの決心がまさにそれです。私は一瞬も無駄にできません。それでこんなに急いでいるのです」（『母への手紙・若き日の手紙』清水茂・山崎庸一郎訳／みすず書房）などと、手紙でこんこんと訴えます。

サン＝テグジュペリの母親は、彼の「ぼくにぴったりあった仕事が必要なのです。でないとろくな者になりません」（『サン＝テグジュペリの生涯』シフ）という殺し文句に心が動かされたのでしょう、銀行に借金をして、彼に送金[*7]します。

サン＝テグジュペリは、厳しい仕事もきちんとできる「ひとかどの人間」になろうとしていました。飛行機に乗れば自分はひとかどのも

*7　サン＝テグジュペリは割と浪費家で、お金が入るとすぐに使ってしまうことがよくあった。

のになれるような気がしたのです。

かわいがってくれたお母さんに、「自分はこんな人間になったよ」「こんなに立派になったよ」と見せたいという気持ちが強くあったのです。

どんな大人になるか、それが問題だ

「ひとかどの者になりたい」という欲求は、だれでも、とくに男の人が持つ感情でしょう。サン=テグジュペリはひたすらそれを求めました。

飛行士は格好よく見えて子どもが憧れる職業です。しかし、冷静に考えると死の危険性の高い職業です。ことにサン=テグジュペリの時代の飛行機は開発されてまだ間もない頃で、現代とは比較にならないほど、危険なレベルの代物《しろもの》でした。サン=テグジュペリ自身、何度も事故にあっていますし、飛行士仲間もかなり死んでいます。なにしろ夜間、アンデス山脈の上を飛んでいたはずが、いつの間にか風に流されて海上にいて「どこだ、ここは！」と言っているような時代です。

しかし、サン=テグジュペリは、だれも見たことのない風景を見たいという思いをかなえようと飛行士になります。彼は、陸上から飛び立ってこそ、自分の価値を確認できると考えたのです。サン=テグジュペリは、**自分自身を作り上げようと努める人**でした。

何者でもない自分がひとかどの人物になるためにはどうしたらいいのだろうと、つねに考え、その結論が飛行士だったのです。その選択は大正解でした。

彼は飛行士になることによって、素晴らしいものをたくさん得ることができました。それが『星の王子さま』という、世界に類を見ないほど人をひきつける力を持つ小説に結実しているのです。

仕事が人間を作り上げる

サン=テグジュペリがもし飛行士にならなかったら、文学者としてほとんど芽が出なかったと思います。

彼は飛行士であり、文学者であるという、いわば**二足のわらじ**を履《は》いています。といっても、ふつうにいわれるように二種類の職業を持ったという感じではありません。二足を一足として履きこなした点に、この人のオリジナリティがあります。彼が偉大な文学者でありえたのは、飛行士であったからなのです。

「空飛ぶ詩人」として生きる

サン=テグジュペリは『人間の土地』出版直後のインタビューで、「飛行機と文学創造とどちらがあなたにとって大切であるか？　どちらがあなたの自己完成に役立っているか？」

と聞かれて、次のように答えています。

「私にはそうした区分がわからない。いわんや対立するなどとは思ってもいない。わたしにとって飛ぶことと書くことはまったく同一である。**大切なことは行動すること、自己のうちに方位をつくり出すこと**である。飛行家と作家とはこのおなじ自覚をもつ点で一致する」

（『サン＝テグジュペリの生涯』山崎庸一郎）


文学者とは、経験しなくても想像で書けると思われています。もちろん、いろいろなタイプの文学者がいますから、経験を土台にして、それをもとに想像力を飛躍させて書く人もいますし、まったく経験のないことを想像力だけで書く人もいます。

かつては、経験しなくても書けるほうが偉いという考えが根強かったと思います。しかし、現代においては、ノンフィクションやノンフィクション的な小説など、いろいろと実際の体験をした人の言葉のほうが力があり、尊重されるところがあります。

サン＝テグジュペリは、**経験をもとにして、それを創作の糧《かて》にするタイプ**の作家です。基盤にあるのは**確固たる経験**です。

『人間の土地』[*8]は、自分が**リビア砂漠のまっただ中に落ちて、三日間砂漠をさまよった経験**をベースにしています。彼は、その極限状態の中でさまざまなアイディアをつかみます。

たとえば、水が底をつき、渇《かわ》きに悩まされて幻影を見るほどになります。

「待っていてくれる、あの数々の目が見えるたび、ぼくは火傷《やけど》のような痛さを感じる。すぐさま起き上がってまっしぐらに前方へ走りだしたい衝動に駆られる。彼方《むこう》で人々が助けてくれと叫んでいるのだ、人々が難破《なんぱ》しかけているのだ！

（中略）我慢しろ……ぼくらが駆けつけてやる！……ぼくらのほうから駆けつけてやる！　ぼくらこそは救援隊だ！」（『人間の土地』）

砂漠で干からびそうになりながら、責任感によって元気を出しているんです。

＊8『人間の土地』
この本には他に、雪のアンデス山中から奇跡の生還を果たした友人ギヨメの体験や、サン＝テグジュペリのサハラ砂漠での体験などが盛り込まれている。

また、彼は郵便物を運ぶ飛行機に乗っていたこともあるんですが、このときも、人から人へ思いを届ける、という仕事に非常に誇りを持って生きる力にしているんです。人々の思いがこもった郵便物を遠い異国へと運ぶという仕事が、**自分の存在を証明してくれる**ように思うのです。

アイデンティティとは、自己の存在説明です。「自分は郵便飛行士である」という強い自覚が、サン=テグジュペリにアイデンティティをもたらし、生きる力を与えました。社会の中での結びつきが、アイデンティティにとっては不可欠なのです。

また、飛行士であったことで、**仕事・仲間・友情・人間の偉大さについて**、さまざまに学びます。そのことで絵空事《えそらごと》でなく、本当に世の中には価値があることがあり、価値のある人間がいて、そうした人間とつながることができるのだ、という確信を持つことができました。

『夜間飛行』の主人公[*9]は、鉄の意志を持った彼の上司がモデルです。彼は非情とも思える厳しさで飛行士に接しますが、それも仕事に対す

*9 『夜間飛行』の主人公
航空会社の支配人リヴィエール。冷静で意志的なこの主人公のモデルはサン=テグジュペリの上司であったディディエ・ドーラ。

る使命感ゆえです。「夜間飛行という困難な事業を成功させつつ、飛行士も死なせたくない。そのためにやるべきことは何か」をつきつめ、「そしてやるべきことがあるならばそれをやる」という哲学が根底にあるのです。**人間の信念、意志力のすばらしさ**を見事に描いています。

『人間の土地』に描かれたギヨメの奇跡の生還のように、飛行士仲間たち[*10]の数々のエピソードも彼の小説の原型となっています。彼らの自己犠牲すらいとわないほどの**仕事への責任感、高揚感**というものに大きく影響を受けています。そうした**誇るべき友を得たこと**によって、戦争などさまざまな困難なシーンを目の当たりにしながら、**人間同士がつながることに希望を失わない**物語を紡ぐことができたのです。

飛行士という仕事がサン=テグジュペリという人間を、そして彼の文学そのものをつくったといえるのです。仕事というものが、人間にとっていかに大切なことか、いかに人間を作り上げることができるのか、彼の生涯を考えるとそれがよくわかります。

＊10　飛行士仲間たち
アンリ・ギヨメはアンデス山脈や南大西洋、北大西洋などで活躍した。郵便飛行途中でアンデス山脈に墜落、五日間雪の中をさまよったが生還。第二次大戦中に撃墜され死亡。ジャン・メルモーズは初の南大西洋の夜間飛行に成功した。

飛ぶことの意味

彼は飛行士をめざしはしましたが、けっして向こう見ずではありません。いわゆる勇気というものを自分は軽蔑する、慎重さのほうが重要であるとも言っています。彼が飛行士をめざしたのは、危険を恐れない勇敢さのためではなく、**崇高《すうこう》なもののために人生を捧げたい**という思いからです。

サン＝テグジュペリは、飛行士になる前、軍隊時代にこんなふうに考えています。

「偉大さはまず――しかも常に――自己の外部にある目的から生まれる（アエロポスタル）[*11]――つまり人が人間を自己のうちに閉じ込めるや否や、その人は貧しくなる」（『手帖』宇佐見英治訳／みすず書房）

サン＝テグジュペリは、偉大なものになりたかったのです。だれでもそういう気持ちを多少は持つものですが、ふつうは人生のどこかの時点で、「なれない」と思い、諦《あきら》めてしまいます。しかし、彼は自分を狭い殻《から》に閉じ込めてつまらない人間になってしまうのではなく、「自己

*11　アエロポスタル
サン＝テグジュペリが勤めていた航空会社。

の外に目的」を持って、偉大であることをめざそうとしました。

彼は、自分の外にある目的を持つことによって、はじめて自分らしさを獲得できると考えたわけです。自分というものの存在証明を強く求め、そのためには、地上を飛び立ち、今まで持っている自我から飛び出さなくてはいけないと考えたのです。

飛行士であって文学者であることで大きな存在になる

ポジションどりの天才

飛行機に乗ることは不思議な体験

です。地表から遠く離れ、星の視点で世界を見ることになります。

今なら宇宙から地球を眺めるという感じですが、当時ならやっぱり飛行機に乗って雲の上から地球を眺めることが最高のポジションでしょう。

じつはこのポジションとは、プラトン[*12]やソクラテス[*13]、仏陀[*14]などの視点です。偉大な哲学者、思想家は「**星の視点**」を持って人類の大問題に取り組みました。

サン=テグジュペリは飛行機に乗ることで、星の視点を得て、人間の孤独というもの、生命の貴重さ、奇跡といったものを認識できたのです。

このポジションどりが彼の才能といえるでしょう。

上空から見れば砂地と岩しかないような所で、**生命体が進化して、詩を作れるようになるまでに至る**。そのような奇跡としか言いようのない、本当の人間に対する感動を得ることができたことが、彼の大きな財産です。

*12 プラトン
紀元前五〜四世紀のギリシャの哲学者。ソクラテスの弟子。真理としてのイデア論を展開。代表作に『ソクラテスの弁明』『国家』など。

*13 ソクラテス
紀元前五〜四世紀のギリシャの哲学者。対話を重視し、「なんじ自身を知れ」と説いた。

*14 仏陀
真理に目覚め悟りを開いた人である釈迦の尊称。一般には紀元前五世紀インドの王族の息子として生まれ、仏教を開いたゴータマ・シッダルタを指す。

人間は温かく安らげる家が必要ですが、世の中に出て行くということは、安らげる家から離れることでもあります。中途半端に離れるよりも、いっそ思い切り離れる——つまり飛行機で完璧に地表から離れてしまったことで、サン=テグジュペリは人間というものを非常に愛おしく感じるようになります。

夜間飛行で地球を見て、灯一つひとつに奇跡を感じる

「あのともしびの一つ一つは、見わたすかぎり一面の闇《やみ》の大海原《おおうなばら》の中にも、なお**人間の心という奇蹟《きせき》が存在**

することを示していた。あの一軒では、読書したり、思索したり、打明け話をしたり、この一軒では、空間の計測を試みたり、アンドロメダの星雲に関する計算に没頭したりしているかもしれなかった。またかしこの家で、人は愛しているかもしれなかった。それぞれの糧《かて》を求めて、それらのともしびは、山野のあいだに、ぽつりぽつりと光っていた」（『人間の土地』）

そして彼はこう決心します。

「努めなければならないのは、自分を完成することだ。試みなければならないのは、山野のあいだに、ぽつりぽつりと光っているあのともしびたちと、心を通じあうことだ」（『人間の土地』）

岩や砂でできているこの地球の表面で、人間がいかに小さな存在か。そしてそれゆえにこそ、人間の存在が尊いものであるかを実感します。

上空何千メートルという完全に地表から切り離された**孤独な場所で、子どもの頃の温かく守られた家というものの感覚をまた蘇《よみがえ》らせること。**この独自なポジションどりによって彼は優れた作品を生んでいったといえるでしょう。

学べるポイント

① 子どもの頃の自己肯定力を現実世界で活用する

② 自分を鍛え、自分を大きくする仕事を選ぶ

③ 自分の意識を変えられる場所を探す

Point 2
戦うモラリスト

生と死の境界でつかんだもの

だれでも知っているがたどり着くのは難しい真実へ

サン＝テグジュペリは、母国フランスでも人気があり、教科書にも採用されています。かつては五〇フラン札にも印刷されていました。普遍的な、人を安心させるポジションにいます。

多くの人に愛される存在ですが、フランスではそのことで逆に少し価値が低く見られているところもあります。サン＝テグジュペリを読んでいると言えば、インテリにはバカにされるようなところがあります。言っていることがあまりに真っ当で道徳的で、目新しさや過激なところが少ないからでしょう。

しかし、サン＝テグジュペリは、冒険家*15（飛行士）で、死ととなり合わせに生きた人間です。**現実の生と死の間から、きわめて真っ当な、**

＊15 冒険家　サハラ砂漠の飛行場主任になるが、そこでは植民地支配に抵抗する現地の部族とさまざまな交渉にあたった。

健全なモラルが導き出された意味を考えるべきです。

フランスは、何といっても詩が非常に重んじられている国です。サン=テグジュペリ自身もそう思っているし、フランス人みんながそう思っています。

死ととなり合わせだったサン=テグジュペリ

サン=テグジュペリは詩人としての資質がある散文家です。しかもモラリストとしての側面が強く、その作品には、「人間、いかに生くべきか」というテーマが色濃く入っています。そこも人々から受け入れられる理由です。

詩人のボードレール[*16]やランボー[*17]などは、フランス的なセンスが炸裂《さくれつ》していて、その感性はあまりに鋭く、鋭利な刃物のような言葉で紡がれた詩を書き、人々に衝撃を与えました。

彼らは、モラルとは遠い所にまで向かってしまい、最後は常人とかけ離れた人生を生きるしかないところまで行ってしまいます。このように感性が鋭すぎると、いわゆるモラルの枠外《わくがい》になってしまうこともあります。

サン゠テグジュペリの場合も、最期は飛行機で行方不明になってしまいます。平凡な人間から見ると、ロマンのある非凡な死に方ということもできるでしょう。

たしかに普通人とは違った最期を迎えていますが、彼が考えていることは、たとえば「友情が大切だ」というように、非常に健全な、古典的なモラルです。

彼の説くモラル自体はけっして目新しいものではありません。「友

*16 ボードレール
一九世紀フランスの詩人。近代詩の祖とされる。代表作に『悪の華』など。

*17 ランボー
一九世紀フランスの詩人。一九歳までに多くの優れた詩を残す。代表作に『地獄の季節』など。

情が大切だ」ということは、日本の高校生でも、みんな知っていることです。

大切なことは、みんなが知っていることにどうたどり着くかです。サン=テグジュペリは、地球というものを飛行機で上空から眺めるというポジションに立って、完璧なる一人の時間……「星の時間」のように流れが違うところに身を置くというプロセスを通って感じとったものなのです。

高貴なものは世の中にある

サン=テグジュペリは、「お金で買えない大事なもの」を追求しました。

サン=テグジュペリが生まれたのは一九〇〇年、まさに二〇世紀が始まろうとしていました。この時代は、新興ブルジョワジー階級、つまり起業して資本家になった人たちが生まれます。**お金を儲《もう》けた人たちがエライという価値観が生まれた時代、**現代に続く拝金主義《はいきんしゅぎ》がは

本当に価値のあるものはお金では買えない！
心の貴族！

お金に苦労しても大切なことを見失わない

じまった時代です。サン＝テグジュペリは貴族の出身です。彼の名前アントワーヌ・ド・サン＝テグジュペリには、貴族の名前である「de」が付いています。没落したとはいえ、本物の貴族です。とはいえ、決してお金持ちではありません。貴族がもはや必要とされなくなった時代の**遅れてきた貴族**です。

お金がない（といってもいわゆる貧困階級ではありませんが）とはいえ、サン＝

テグジュペリ家の人たちには、自分たちは新興の成金とは根本的に違うという誇りがあったのです。お金などよりも文化・教養こそが大切だという価値観があり、サン=テグジュペリにもそれが強く受け継がれています。

もちろん、現実としては、お金を稼《かせ》がなければいけないという意識もあります。しかし、彼は基本的な姿勢として、お金で買えないものを追求したのです。

お金で買えないもっとも価値のあるものは、**離れていても引力で引き合うような友情**だといいます。

それは彼の仕事仲間との強い絆のことです。仕事仲間といっても、命をかけて郵便を運ぶ飛行士たちです。絆とはそうした厳しい仕事に就いている者同士だけが感じることのできる張りのある感情です。

彼らはいつも仕事で世界中を飛びまわっているので、飛行場でたまにしか会うことができません。しかし、たまに会ったときには、それまでお互い遠く離れていたにもかかわらず、ついさっきまで話していた続きをするような感じで、また話しはじめます。

サン＝テグジュペリは飛行士としては傑出した存在ではありませんでした。しかし、飛行士仲間にはギヨメなど素晴らしい友達がいました。**彼は自分もその仲間に入れたことが嬉しくて仕方ない**のです。自分のことは誇らなくとも、彼らのことを誇りたい、彼らのようなすばらしい人間と友人になれたことこそ自分の誇りである、という感じです。

そして、彼らのパワーや経験を、自分が霊媒師《れいばいし》のように文章にすることによって、彼らの世界を広く世に知らせるメッセンジャーとしての役割を果たしました。

「何ものも、死んだ僚友のかけがえには絶対になりえない、旧友をつくることは不可能だ。何ものも、あの多くの共通の思い出、ともに生きてきたあのおびただしい困難な時間、あのたびたびの仲違《なかたが》いや仲直りや、心のときめきの宝物の貴《とうと》さにはおよばない。この種の友情は、二度とは得がたいものだ。樫《かし》の木を植えて、すぐその葉かげに憩《いこ》おうとしてもそれは無理だ」（『人間の土地』）

サン=テグジュペリがいかに友情をかけがえのないものとしてとらえていたかがわかります。

人間が生涯で得られる本当に価値あるものとは

離れているのに通じ合うような関係性に、サン=テグジュペリは非常に魅力を感じています。それはニーチェ[*18]がめざしたところと共通します。べたつかないで、しかもお互いの友情がしっかりと確立している関係です。

ニーチェは、ワーグナー[*19]との友情について**「星の友情」**と名づけています。ニーチェは、友情とはただ相手に同情するのではなく、良いところを見せ合って張りをもってつき合うものだ、というのがニーチェの考えです。

サン=テグジュペリはニーチェを愛読していて、大きな影響を受けています。だから、彼は友情といっても、馴《な》れ合って群れてしまうようなことは嫌いなのです。

---

*18 ニーチェ
一九世紀ドイツの哲学者。「神は死んだ」としてキリスト教文明を批判。超人思想を展開。代表作に『ツァラトゥストラはかく語りき』など。

*19 ワーグナー
一九世紀ドイツの音楽家。代表作に『ローエングリン』『ニーベルゲンの指環』など。

素晴らしい友との誇り高い友情を求める

ニーチェの言葉が攻撃的でハードなものだとすれば、サン＝テグジュペリの場合には、同じことを言っても、それがソフトでロマンティックな言葉になっています。

ロマンティックなスタイルに変わっているところに、多くの人に受け入れやすい秘密があります。

ただし、ロマンティックといっても、恋愛のようなべたべたした甘いロマンではありません。恋愛がないわけではないのですが、『夜間飛行』でも『人間の土地』でも、仕事における責任感、男同士の友情が中心です。

その背景を見ると、選ばれた者、貴族的であるがゆえの責任感を見ることができます。彼は**高貴なる者は責任を負う**という、フランス語のノーブリス・オブリージュという概念を、身をもって生きたといえます。その意識が強かったからこそ、彼は郵便物を飛行機で運ぶのに命をかけ、砂漠で墜落した飛行士の救出に命をかけて取り組むのです。

サン＝テグジュペリは「郵便は神聖だ。中に何があるかは重要ではない」(『サン＝テグジュペリの生涯』シフ)と言っています。

一九二七年から一年以上にわたって、サン＝テグジュペリはサハラ砂漠にとどまり、キャップ・ジュピーの飛行場主任を務めています。その一三ヵ月間に一四人の飛行士を救出しています。

そうしたことは単にお金のために仕事をするということでは、とてもできないことです。彼は「ある一つの職業の偉大さは、もしかすると、まず第一に、それが人と人を親和させる点にあるかもしれない。

真の贅沢《ぜいたく》というものは、ただ一つしかない、それは人間関係の贅沢だ」（『人間の土地』）と言います。

彼は、**お金を追い求めて働くことは、自らを孤独に閉じ込める牢獄《ろうごく》を築くことになる**と言います。お金では「生きるに値する何ものをもあがなえない」と。だから、千万のお金でも買えないものは、友情をはじめ、次のようなものだと言うのです。

「ぼくは、自分の思い出の中に、長い嬉《うれ》しいあと味を残していった人々をさがすとき、生き甲斐《いがい》を感じた時間の目録を作るとき、自分が見いだすものはどれもみな千万金でも絶対に購《あがな》いえなかったものばかりだ。（中略）**あの飛行の夜と、その千万の星々、あの清潔な気持、あのしばしの絶対力**は、いずれも金では購いえない。

難航のあとの、世界のあの新しい姿、木々も、花々も、女たちも、微笑も、すべて夜明け方ようやくぼくらが取り戻した生命にみずみずしく色づいているではないか。この些細《ささい》なものの合奏がぼくらの労苦に報いてくれるのだが、しかもそれは黄金のよく購うところではない」
（『人間の土地』）

学べるポイント

① **高貴な目的を持つことで元気を出す**

② **緊張感あるつき合い方ができる友人を持つ**

③ **お金以上に価値があるものを信じる**

Point 3 砂漠とロマン

夢想する力で人生を切り開く

生きるエネルギーを高める夢想力

ガストン・バシュラール[*20]という科学哲学者で文学者でもある人が言っていますが、夢見ていたいと思う気持ち、**夢想する力は、人間の生きる力を突き動かす、人間の根源的なパワーを引き出してくれます。**

サン＝テグジュペリはこの夢想する力を非常に上手に使っています。

飛行機に乗るというのは現実的な行為ですが、その中で膨大な孤独の時間があります。そこで一人で夢想に浸《ひた》る、思い出に浸る、記憶に浸ることができます。

サン＝テグジュペリが砂漠に不時着したときの体験の中で、こんなことを書いています。

---

*20 ガストン・バシュラール
代表作に『空間の詩学』『科学認識話』など

「そしてぼくは、自分の身の上を考えてみた。砂漠《さばく》の中に迷いこんで、叛徒《はんと》の襲撃に脅やかされながら、**砂と星とのあいだで、素裸で、自分の生活の中心からあまりにも多くの沈黙に隔てられている自分**のいまの身の上を。

(中略)ぼくは、砂と星とのあいだに方途を失って、ただわずかに呼吸することの心地《ここち》よさ以外には何ものも意識しない一個の人間でしかなかった……。

それなのに、気がついてみると、

孤独の中で自分を育てるサン=テグジュペリ

ぼくの心の中は、夢想でいっぱいだった。

夢想は泉の水のように、音を立てずにぼくの所へやってきた、そして最初ぼくは自分を満たしてくれるこの心地よさが何であるか気づかなかった。そこには声もなければ姿もなかったが、ただ人のいるらしい気配が、きわめて身近に感じられる友情があった。やがてぼくはそれと気づいて眼《め》を閉ざし、記憶の楽しさに身をゆだねたものだ」（『人間の土地』）

夢想してイマージュ（イメージ）の世界に浸ることが、サン=テグジュペリにとって、子ども時代を取り返す道でもあったのです。夢想する大人は、生き生きとした子ども時代を失わず、どんな苦境にあっても**幸福への回路**を開くことができます。

彼は孤独の大切さ[*21]をよく知っていました。そこから生まれてくるものは一生の宝となります。

＊21　砂漠の飛行場主任時代はとても孤独だったが、この期間に『南方郵便機』を書き上げた。

砂漠の秘密

サン=テグジュペリは砂漠を非常に好みます。彼は、砂漠に落ちて死にかかった経験をしているにもかかわらず、岩や砂など、荒涼たる風景を好みます。

何もない砂漠で人生の真理を見い出す

遭難して砂漠をさまよっている最中にも、彼はこう思うのです。

「ぼくは、自分の職業の中で幸福だ。ぼくは、自分を、**空港を耕す農夫**だと思っている。郊外列車の中が、ぼくにはこの砂漠の中よりずっと苦痛だ！　ここは要するに、じつに贅沢《ぜいたく》なものだ！……
ぼくには、何の後悔もない。ぼくは賭《か》けた。ぼくは負けた。これはぼくの職業の当然の秩序だ。なんといってもぼくは、胸いっぱい吸うことができた、爽《さわ》やかな海の風を」（『人間の土地』）

荒涼たる砂漠にはある種の**絶対的な怖さ**があります。しかし彼は、そこに一輪の花が咲くというような、**荒涼たるものの中に豊饒さがある**というとらえ方をしています。

山登りが好きな人は、山で見た風景がどうしても忘れられないといいます。そういう風景には、人間がつくり出した街の中では絶対に味わえない力があります。

こうした風景を前にすると、人間の存在というものを明確に意識することができるのです。

『星の王子さま』には、砂漠が美しいのは、そこに一つの井戸が隠されているからだという話が出てきます。

家でも同じで、その下に隠された秘密があると、素晴らしいものに思えてくるというのです。
「彼は疲れて、坐り込んだ。ぼくも隣に坐った。しばらくして、こう言った——

『星がきれいなのは、見えないけれどどこかに花が一本あるからなんだ……』

ぼくは『そうだね』とだけ言って、月に照らされた砂のうねりを黙って見た。

『沙漠がきれいだ……』と王子さまは続けた。

それは本当だった。ぼくはずっと前から沙漠が好きだった。砂丘の上に坐る。何も見えない。何も聞こえない。そのうちに、静寂《せいじゃく》の中で何かが光を放ちはじめる。

『**沙漠がきれいなのは**』と王子さまは言った、『**どこかに井戸を一つ隠しているからだよ**』

沙漠が放つ光の秘密がいきなり明らかになったみたいで、ぼくはびっくりした。まだ小さかったころ、ぼくはとても古い家に住んでいて、

探し続け、求め続けて生きた男

その家にはどこかに宝物が埋められているという言い伝えがあった。もちろん誰もそれをまだ見つけていなかったし、ひょっとすると誰も探してもいなかったかもしれない。でも、そのおかげで家ぜんたいがすてきになった。ぼくの家はその心の深いところに秘密を隠していた……

『そうか』とぼくは彼に言った。**『家でも、星でも、沙漠でも、きれいに見えるのは何かを隠しているからなんだ！』**」（『星の王子さま』池澤夏

樹訳／集英社）

目には見えない隠された真実。それが存在すること、それを探すことで人生を美しくすることができること。それは私たちみんなに可能なことなのです。

すべての人は星の王子である

『星の王子さま』の成功はあの**独特のイラスト**[*22]なしにはありえなかったでしょう。

小さな星の上に王子さまが立っている、というイラストは悲現実的で、大人の男にはなかなか描けないものです。なぜ、そのようなイラストが描けるかといえば、彼が、小さい星に馴染《なじ》んでいるからです。星を身近に感じていて、自分が星の仲間の一人のように感じているところがあるからです。

夜間に飛行していると、飛行機に乗っている自分自身が、星の仲間になって、ひとつの星のように感じられ、そうして、星々の間を行き

＊22　イラスト
サン＝テグジュペリはナプキンなどにすぐイラストを書くクセがあった。

バラと狐は恋人と友人の象徴

来しているかのように思えるのでしょう。

それは、**みんな心に小さな星を持っていて、その小さい星の上に自分一人が立っているという感覚**と通じます。一人ひとりがそういう星の上に立っているというような人間の認識に至るわけです。

王子さまが特別というよりは、**人間はみな星の王子さま的存在である**というわけです。

「星の王子さま」だけが特別な存在ではなく、私たち人間、一人ひとりが星の王子さまであり、星と星の間に住んでいる孤独な存在だということを、改めて気づかせてくれます。

『星の王子さま』は、孤独な存在である王子さまが他者とつながっていく物語です。孤独だからといって、閉じたアイデンティティではなく、**他の人につながっていこう**というものです。

この作品を読んだ人同士が、「飛行士同士が感じていたような連帯を感じてくれたら」という希望を持って、彼はこの作品を書いたのだと思います。読んだ人同士がつながっていくようなことを夢見たと思います。

たとえば、お話の中の重要なファクターとして、愛する存在であるバラ[*23]が出てきます。彼にとってバラは愛しい女性のたとえでもあるのですが、我がままで、厄介です。でも、そういう存在とつき合っていくことで成長するわけです。

バラによって世話をすること、愛することを学び、地球では、キツ

---

*23 バラ
モデルの一人は妻であるコンスエロ。かなり派出好きで作家ゴメス=カリージョと結婚。夫の死後、アルゼンチンでサン=テグジュペリと出会った。

ネ[*24]との間に友情を抱きます。

キツネは、「例えばさ、午後四時にきみが来るとすると、午後三時にはおれはもう嬉しくなる」などと言う、とても可愛い存在です。

王子さまの「もうすぐ死ぬんだとしても、友だちがいたっていうのはいいことだよ。ぼくにはキツネという友だちがいて本当によかった……」（『星の王子さま』前掲書）という言葉が読者に素直に伝わります。

『星の王子さま』が人々に根源的に訴えるのは、そこにロマンがあるだけでなく、モラルが秘められているからです。だれでも本当はモラルというものを必要としています。

ただ、一般にモラルに溢れたものは平凡になりがちですが、この作品にはオリジナリティがあります。それはサン＝テグジュペリがこの作品に、自分の全人生を注ぎ込んでいるからです。それによって、**人間というものの存在の根元に迫るような深い認識が、作品に刻み込まれている**のです。いかにも子ども向けに上手に作られた童話にはない力があるからこそ、この作品が人をひきつけるのです。彼が苦しみ

＊24　キツネ
砂漠に生息するフェネックがモデル。実際にサン＝テグジュペリはフェネックを飼っていた。

ながら、自分自身を実現する道の選択をいろいろ試みてようやくたどり着いた場所で生まれた物語なのです。

人間の力の大きさと小ささを思う

自然の世界は、人間が極端に非力な存在だと感じさせる強大なものです。

サン＝テグジュペリは飛行機に乗って、そういう絶対的な世界に対して一人で闘いを挑むような高揚感を感じています。

実際、空を飛ぶのは、重力という、地球上のものがすべて従わなければならないものに対して、立ち向かうような高揚感があるでしょう。

しかし自然と相対するからこそ、**自然の力**をまざまざと感じることができました。

「これはまた別のあるときのことだが、砂の厚い地方に不時着して、ぼくは夜明けを待っていた。金いろの砂丘は、月光にその明るい側の斜面を捧《ささ》げていた、黒い側の斜面は、分光線の所まで登っていた。影と月光とからなる人気《ひとけ》のないこの船台の上には、仕事の終ったあとの静けさと、罠《わな》の沈黙とが君臨していた。その中でぼくは眠りにはいった」（『人間の土地』）

ここには、**砂漠の秘めている神秘、美しさと恐ろしさ**が語られています。人工的な環境の中で生活していると、このような自然の秘める美しさも恐ろしさも意識できません。そのために、私たち人間は、自然をすべて克服したかのような、強大な力を持っていると錯覚してしまいます。しかし、サン゠テグジュペリは、飛行士として砂漠の上空を飛び、夜空の星を友とすることで、人間がいかに非力な存在にすぎないかをつねに感じ続けていたのです。

この感覚は現代のエコロジー思想を先取りしています。サン゠テグジュペリの生きた時代以降、科学の力が急激に高まります。プロペラの飛行機はジェット機になり、音速を超え、さらには本当に星（月）まで人類は行ってしまう。しかし、人は自然への畏敬《いけい》を忘れていき、戦争はエスカレートし環境破壊は進み、地球という星自体が危機に瀕するようになりました。

サン＝テグジュペリはすばらしい命の尊厳や友情の素晴らしさ、職務を遂行する意志力といったモラルを、こうした地球と人間のあり方を押さえながら語りました。「**人間は小さいが誇りある存在になれる**」という彼のメッセージは、星の光のように、あらゆる人の心に届けられています。

学べるポイント

① **孤独の時間を大切にする**

② **夢想することで生きる力をかきたてる**

③ **大きな視点を持ちながら小さなことを大切にする**

第4章

彼の見ていた風景が見える

キーワードで読み解くサン＝テグジュペリ

WORD ①

飛行機

ベルニは陶酔している。

この単座戦闘機は、雷鳴をガーゼでつつんでいるのだ。足もとの地面はいかにもぶざまで、眼のとどくかぎり使い古され、どこまでもつぎがあたって、土地台帳をみるようだ。

高度四千三百メートル、ベルニは孤独だ。ヨーロッパ地図のように境界線のついた、この世界をみつめている。小麦の黄やクローバーの赤にいろどられ、人間の誇りと心づかいをしめしているいくつもの土地が、たがいに敵意にみちて踵《かかと》を接している。闘争と嫉妬と訴訟の十世紀がそのおのおのの輪廓を固定した。人間の幸福とは、かこいのなかに押しこめられたものな

のだ！

ベルニは考える。おれの陶酔は、もはや心をゆさぶり活気づけてくれる夢に求めてはならない。おれの力からひきだすべきなのだ。かれは自分の力をためしてみる。

いまエネルギーにみちあふれ、スピードをあげ、エンジンをいっぱいにかけてから、ゆっくりと操縦桿《そうじゅうかん》を手もとにひく。地平線は傾き、大地は潮のようにひきはじめ、飛行機は一直線に大空にむかって上昇する。そして抛物線《ほうぶつせん》の頂点にたっしたとき、宙がえりをして、死んだ魚のように腹を空にむけながら、ぐらぐらとゆれる……

大空に溺《おぼ》れたパイロットの眼に、頭上の大地はどこまでもつづく海辺かと思われ、つづいてかれと向きあって、全重量をかけながら落下していく……めくるめくようだ。電源をきる。大地は壁のように垂直にきりたって身動きもしない。飛行機は真逆様《まっさかさま》に滑っていく。ベルニは、眼のまえに地平線の静かな湖がふたたびみえてくるまで、そっとそのままにしておく。

急降下はかれを座席におしつぶし、急上昇ははじけそうな泡沫《ほうまつ》のようにかれを身軽にする。上昇は地平線を後退させながらかれを正気づけ、従順な発動機は唸《うな》りをたて、とまり、また動きだす……

（『人生に意味を』渡辺一民訳／みすず書房）

昨日、ぼくはとても危ないところまで行った。あまり危ないところまで行ったので、ぼくはまだ、自分が別世界にいて、ちょっとよそよそしく、大らかであるように感じている。ぼくはいつかみたいに、あの呪われた日みたいに、これでお陀仏《だぶつ》だと考えた。三千メートルから降下中だったのだが、そのとき衝撃——故障だと思った——を感じた。そして、機体はますます調子がおかしくなった。二千メートルくらいのところで、ぼくは操縦桿をいっぱいに引いた。もう自由がきかなかった。てっきり錐《きり》もみ状態になると判断したので、ぼくは万年筆で、はっきりと計器盤《けいきばん》のうえに、「故障。捜索を願う。墜落回避不能」と書いた。ぼくは不注意から死ぬ羽目《はめ》になったと非難されたくなかったし、その考えが頭にこびりついていたのだ。ぼくは一種茫然《ぼうぜん》とした気持で、自分が激突しようとしている野原をながめた。それはぼくにとってなにか新しいものだった。ぼくは自分が恐怖のあまり蒼白《そうはく》になり、へなへなになるのを感じた。**底なしの恐怖だったが、醜いものではなかった。新しい、定義しようのない知識ともいうべきものだった。**

（中略）

いったいどんな世界にぼくは忍び込んでしまったのだろう？　それを語ろうにもしばしば戻ってこられなくなる世界なのだ。そのうえ、言葉というものは無力になってしまっている。あの野原やあの静かな太陽をどう物語ったらいいのだろう?

(『若き日の手紙』山崎庸一郎訳／みすず書房)

読み方のポイント　サン=テグジュペリは十代の頃に飛行機に魅せられ、長距離飛行士となってからはたびたび重大な飛行機事故を起こしました。操縦席が文学者・詩人としての仕事場も兼ねていて、操縦桿を握ったままぼんやりとしてしまう癖があったと言われています。夜空を飛行するときの浮遊する感覚に浸りながら彼は、甘い死への誘惑にもとらわれていたのではないでしょうか。

WORD ②

星

「ぼく、こんどは、どこの星を見物したら、いいでしょうかね」

「地球の見物しなさい。なかなか評判のいい星だ……」と、地理学者が答えました。

王子さまは、遠くに残してきた花のことを考えながら、そこに出かけました。

（『星の王子さま』内藤濯訳／岩波少年文庫）

いまでもわたしの眼のうらには、アルゼンチンではじめて飛行したときの光景が焼きついている。**インクをながしたような夜。そしてその無の世界で、星のようにぼんやりとまたた**

いている地上の人間の光。

そのひとつひとつの星は、夜につつまれた地上で、人びとが考え、読み、告白をつづけていることを物語っていた。**そのひとつひとつの星は、標識燈《ひょうしきとう》のように、人間の意識の存在をあかしていた。**あの光のなかではきっと、人間の幸福や正義や平和について、瞑想《めいそう》にふけっているのであろう。それは星のむれにまぎれこんだ、羊飼いの星、金星なのだ。あそこでは、天体を観測しながら、アンドロメダ星雲との距離を夢中になって算定しているのだろう。べつのところでは恋をしているのかもしれない。平野のあらゆるところで糧《かて》をもとめる火が、もっともつつましいものでも燃えていた。詩人の火、教師の火、大工の火。しかしこれら命ある火にかこまれて、どれほどの窓がとざされ、どれほどの星が光をうしない、どれほどの人がねむり、どれほどの火が燃すものもなく、もう光をともすこともできないでいるのだろうか?

(『人生に意味を』渡辺一民訳/みすず書房)

読み方のポイント　夜間飛行を生涯続けることを望んだサン=テグジュペリにとって「星」とは、天空の星々だけを指すのではなく、地上の人間の灯りや地球そのものを指していました。天空の星々には主に科学者としての視線を注ぎましたが、「地上の星」には、同胞へのやさしさと鋭い批判的精神に満ちた文学者としての視線を注ぎ、戦争と平和、そして生と死に思いを巡らしていました。

WORD ③

花

ぼくは、あの時、なんにもわからなかったんだよ。あの花のいうことなんか、とりあげずに、することで品定《しなさだ》めしなけりゃあ、いけなかったんだ。ぼくは、あの花のおかげで、いいにおいにつつまれていた。明るい光の中にいた。だから、ぼくは、どんなことになっても、花から逃げたりしちゃいけなかったんだ。ずるそうなふるまいはしているけど、根は、やさしいんだということをくみとらなけりゃいけなかったんだ。花のすることったら、ほんとにとんちんかんなんだから。**だけど、ぼくは、あんまり小さかったから、あの花を愛するってことが、わからなかったんだ。**

（『星の王子さま』内藤濯訳／岩波少年文庫）

「あんたが、あんたのバラの花をとてもたいせつに思ってるのはね、そのバラの花のために、ひまつぶししたからだよ」

「ぼくが、ぼくのバラの花を、とてもたいせつに思ってるのは……」と、王子さまは、忘れないようにいいました。

「人間っていうものは、このたいせつなことを忘れてるんだよ。だけど、あんたは、このことを忘れちゃいけない。**めんどうみたあいてには、いつまでも責任があるんだ。まもらなけりゃならないんだよ、バラの花との約束をね……**」と、キツネはいいました。

「ぼくは、あのバラの花との約束をまもらなけりゃいけない……」と、王子さまは、忘れないようにくりかえしました。

（『星の王子さま』内藤濯訳／岩波少年文庫）

読み方のポイント　『星の王子さま』に登場するバラの花のモデルとして定説となっているのは、サン＝テグジュペリの妻、コンスエロです。二人はすれ違いつつも、確かな愛によって結ばれていました。バラの花とのケンカが原因でふるさとの星を離れ、最後にまた彼女の元に戻っていく星の王子さまの姿から、妻を深く愛していたサン＝テグジュペリ自身の姿を読みとることができます。

WORD ④

絆

「ちがう、友だちさがしてるんだよ。〈飼いならす〉って、それ、なんのことだい?」
「よく忘れられてることだがね。〈仲よくなる〉っていうことさ」
「仲よくなる?」
「うん、そうだとも。おれの目から見ると、あんたは、まだ、いまじゃ、ほかの十万もの男の子と、べつに変わりない男の子なのさ。だから、おれは、あんたがいなくたっていいんだ。あんたもやっぱり、おれがいなくたっていいんだ。あんたの目から見ると、おれは、十万ものキツネとおんなじなんだ。だけど、あんたが、おれを飼いならすと、おれたちは、もう、おたがいに、はなれちゃいられなくなるよ。**あんたは、おれにとって、この世でたったひとりのひとになるし、おれは、あんたにとって、かけがえのないものになるんだよ……**」と、キツネがいいました。

（『星の王子さま』内藤濯訳／岩波少年文庫）

王子さまは、もう一度バラの花を見にいきました。そして、こういいました。

「あんたたち、ぼくのバラの花とは、まるっきりちがうよ。それじゃ、ただ咲いてるだけじゃないか。だあれも、あんたたちとは仲よくしなかったたし、あんたたちのほうでも、だれとも仲よくしなかったんだからね。ぼくがはじめて出くわした時分《じぶん》のキツネとおんなじさ。あのキツネは、はじめ、十万ものキツネとおんなじだった。だけど、いまじゃ、もう、ぼくの友だちになってるんだから、この世に一ぴきしかいないキツネなんだよ」

そういわれて、バラの花たちは、たいそうきまりわるがりました。

「あんたたちは美しいけど、ただ咲いてるだけなんだね。あんたたちのためには、死ぬ気になんかなれないよ。そりゃ、ぼくのバラの花も、なんでもなく、そばを通ってゆく人が見たら、あんたたちとおんなじ花だと思うかもしれない。**だけど、あの一輪の花が、ぼくには、あん**

たたちみんなよりも、たいせつなんだ。だって、ぼくが水をかけた花なんだからね。覆《おお》いガラスもかけてやったんだからね。ついたてで、風にあたらないようにしてやったんだからね。ケムシを――二つ、三つはチョウになるように殺さずにおいたけど――殺してやった花なんだからね。不平もきいてやったし、じまん話もきいてやったし、だまっているならいるで、時には、どうしたのだろうと、きき耳をたててやった花なんだからね。ぼくのものになった花なんだからね」

（『星の王子さま』内藤濯訳／岩波少年文庫）

読み方のポイント　『星の王子さま』の中の〈飼いならす〉、あるいは〈仲よくする〉という言葉は、「友だち」のキツネや「恋人」のバラの花と、「かけがえのない」関係を築くことを意味するときに使われます。飼いならした相手には、責任が生まれます。その責任感がサン＝テグジュペリにとって、不時着した砂漠や戦場から生還するための〝生きる力〟となったのです。

WORD ⑤

自由

わたしはジュビー岬［サハラ砂漠の長距離飛行機のための中継基地］にいたとき、羚羊《かもしか》を育てていた。この土地ではだれでも羚羊を飼っている。羚羊には流水と風が必要なので、戸外に金網をはりめぐらして、そこにいれておくのである。これほど弱い動物はないといわれていた。それでも、小さいときに生捕《いけど》りにされただけに、人間の手からものを食べるのだった。愛撫《あいぶ》に身をまかせながら、ぬれた鼻面を掌《てのひら》のくぼみにつっこんでくる。だから、すっかり飼いならしたようにすぐ思いこんでしまう。音もなくやってきて、その色つやを奪い、いかにもあわれなあの死をもたらす未知の悲しみから、羚羊をまもってやったように思いこんでしまう……。し

かし、小さな角で、沙漠にむかった柵を突っついている羚羊をみつけだす日が、やがてやってくるだろう。なにものかに惹かれているのだ。羚羊には、自分が逃げようとしていることもわからない。あいかわらず、はこんでいった牛乳をからっぽにして、愛撫に身をまかせながら、まえよりももっとやさしく鼻面を掌にこすりつけてくる……しかし手をはなしてやればすぐに、しあわせそうに大きく跳躍《ちょうやく》する真似をしてから、金網のまえにもどっていくのが見られるだろう。ほっておけば、べつだんその障害に挑《いど》みかかるわけでもなく、ただ首をさげて小さな角をそこにおしつけたまま、死ぬまでそうしていることだろう。さかりの時期だからか？　それとも、息がきれるほど大きな跳躍をしてみたいという欲望のせいだろうか？　だがそんなことを知っているはずはない。生捕りにされたときには、眼もまだあいていなかった。沙漠のなかの自由も、異性の匂いも、まったく知ってはいないのだ。

（『人生に意味を』渡辺一民訳／みすず書房）

読み方のポイント　空を飛ぶ情熱を生涯もちつづけたサン＝テグジュペリにとって、大空を飛びながら体感した生命に根元的な「自由」こそが、「生きる」ということの本質でした。ナチスの独裁政権によって母国フランスが侵略されると軍に身を投じ、「戦う操縦士」として果敢に空に飛び立ち、夢見る自由、愛する自由、行動する自由を守ろうと行動を起こしました。

WORD ⑥

戦争と平和

私が敵に戦いを挑むなら、私はその敵を創り出す。私がそれを鍛え、鞏固《きょうこ》ならしめるのだ。いたずらに、未来の自由の名において束縛を強化しようとするなら、私が創り出すのは束縛にほかならない。人間は、生命に対して斜めに行くことはできぬからである。樹を欺《あざむ》くことはできない。自分の思う方向に、人間はそれを育てることはできぬからである。あとのことは、言葉の風にすぎない。**未来の世代の幸福のために、いまの世代を犠牲にしようとするなら、私が犠牲にするのは、ほかならぬ生けるわが民たちである。**しかも、こちらの者たちとか、あちらの者たちとかではなく、わが民のすべてを。私は、彼らをことごとく、単純直裁に、不幸

のなかに閉じこめることになるのだ。**あとのことは、言葉の風にすぎない。**平和を獲ち得んとして戦争を起すなら、私が創り出すのは戦争である。平和とは、戦争を経て達成される状態ではない。もし私が武器によって獲ち得られた平和を信頼し、武器を解くならば、私は滅び去る。平和は、それを確固たる礎《いしずえ》のうえに据えたときにのみ、はじめてそれを確立することができる。

（『城砦』山崎庸一郎訳／みすず書房）

各個人を通じて「人間」の権利を肯定するかわりに、わたしたちは「集団」の権利について語りはじめていた。**「人間」をないがしろにする「集団」の道徳がこっそりと導き入れられるのを見てきた。**その道徳は、なにゆえ個人は「共同体」のために自己を犠牲にしなければならないかを明確に説明するだろう。しかし、なにゆえ「共同体」はただひとりの人間のためにもおのれを犠牲にすべきかについては、言語の作為なしにはもはや説明しえないであろう。不正義の牢獄からただひとりの人間を救出するために千人が死ぬということがなにゆえ正当なのか？　**わたしたちはまだその理由をおぼえてはいるが、徐々に忘れはじめている。**しかしながら、わたしたちをきわめて明確に蟻塚《ありづか》から区別するこの原則のなかにこそ、なによりもまずわたしたちの偉大さが存するのである。
わたしたちは――有効な方法を欠いたために――「人間」に基礎づけられていた人類から、個人の総和に基礎づけられるその蟻塚のほうに転落してしまったのである。
わたしたちは、「国家」や「大衆」という宗教にたいしてなにを対立させたであろうか？　神より生まれた「人間」というわたしたちの偉大なる表象はどうなってしまったのか？　実質を失ってしまった語彙《ごい》を通じて、それはかろうじて認められていたにすぎない。

（『戦う操縦士』山崎庸一郎訳／みすず書房）

読み方のポイント　サン=テグジュペリにとって「戦争」は、「大冒険」であり、自己のうちの内的な「王国」から「血腥《ちなまぐさ》い供犠の世界へと出てゆき、彼を行動へとうながす精神の炎の収穫へと向」わせるものでした（『サン=テグジュペリの生涯』山崎庸一郎／新潮社）。彼は、戦争についての思索と戦闘への実際の参加を通して、人間の本質を見極めようとしていたのです。

WORD ⑦

砂漠

そのくせぼくらは砂漠を愛したものだ。

一見、砂漠は空虚と沈黙に過ぎないかもしれないが、その理由は、砂漠がまだ日の浅い恋人には身を任せないからだ。（中略）

ところが、今日《こんにち》では、ぼくらは渇きを知った。そしてぼくらが知っていた**この砂漠という名の井戸が、世界のひろがりの上に光を放っている**ことに、今日はじめて気がつく。これは、姿の見えない一人の女が、家の中全体を楽しくするのと同じ仔細《しさい》だ。井戸というものは遠くへ及ぶ

ものだ、恋と同じように。（中略）

ぼくらは、砂漠というこのスポーツのルールを認めたのだ。いまではこのスポーツが、自分の姿に合わせてぼくらを仕上げてくれる。サハラ砂漠がその姿を見せるのは、ぼくらの内部においてである。砂漠へ近づくということは、オアシスを訪ねるということではなくて、一つの泉をぼくらの宗教にすることだ。（中略）

これが砂漠だ。もともと遊技のルールでしかない一冊のコーランが、砂漠を王国に変えてしまう。空虚なはずのサハラの奥で、人知れぬ劇が演じられて、**人間の情熱を掻《か》きたてる。**砂漠の真の生活は、牧草を追う部族の移住ではなく、こんな所へ来てまでなお行われる遊技だ。帰順砂漠とそれ以外のところとのあいだでは、なんという内容の相違だろう！ だがこれは、すべての人間について同じことが言えるのではないだろうか？ 現在のまるで変貌《へんぼう》してしまった帰順砂漠を前にするたびに、ぼくは思い出す、少年時代の自分のあの遊技を、ぼくらがさまざまの神が住んでいると信じていた、暗い、そしてまた金いろのあの庭園を、どうしてもその全貌を知りつくすこともできなければ、どうしてもその全部を歩きつくすこともできなかった一キロ四方からなる無辺際のあの王国を。ぼくらは内に閉ざされた一つの文化を形造っていた、そこでは歩行に一種特別の興味があった。そこでは事物に、**よそのどこにも許されない意義があった。**

（『人間の土地』堀口大學訳／新潮文庫）

読み方のポイント　サン＝テグジュペリにとって砂漠はひとつの王国でした。そこは独特のルールで人間が鍛えられる場所だったのです。そしてまた彼は砂漠では「奇跡」が起こることを知りました。友人の救出に命をかける友情の尊さなど、数々の奇跡をサハラ砂漠で目の当たりにしていた彼は、『星の王子さま』の舞台に砂漠を選びます。

第5章

空飛ぶ詩人は実際こんな人でした

エピソードでわかるサン=テグジュペリ

変わらぬ友情

◆飛行士仲間・戦友

アンデス山中での遭難劇が『人間の土地』に描かれる
　アンリ・ギヨメ
あらゆる空の冒険の先駆者で、何ものにも代え難い僚友
　ジャン・メルモーズ
父のような存在であり親友。『星の王子さま』を捧げられる
　レオン・ヴェルト

「子どもの国」の思い出

◆家族

アントワーヌ4歳の時に、41歳の若さで早世
　ジャン・ド・サン=テグジュペリ（父）
「愛するママン」として、多くの手紙を送られる
　マリー・ド・フォンコロンブ（母）
子ども時代、サン=モーリスの城館に住まわせる
　ド・トリコー伯爵夫人（おば）

活動を支援

◆文学者・芸術家

出世作『夜間飛行』への序文を寄せた大先輩
　アンドレ・ジッド（文学者）
『人間の大地』映画化をハリウッドで進めた
　ジャン・ルノワール（映画監督）
『南方郵便機』の序文を引き受け、
作家デビューに導く
　アンドレ・ブークレル（文学者）

敬慕

◆日本人

現実と虚構の狭間の戯曲
「星の王子さま」を書く
　寺山修司
「星の王子さま」を探しつづけた
　中上健次

Saint-Exupéry relations >>>

◆ 女性たち（バラの花）

ブエノス・アイレスで一目惚れ、そして結婚
コンスエロ・スンシン
文学の才能を見抜き、パリのサロンへの入り口を用意
イヴォンヌ・ド・レトランジェ
彼女のために販売員となるも婚約を解消される
ルイーズ・ド・ヴィルモラン

愛情で孤独を癒す

天才
サン＝テグジュペリ
人間模様

天才の人生を記述

◆ 伝記作家

恋愛遍歴の記述にも踏み込んだアメリカ人ジャーナリスト
ステイシー・シフ（『サン=テグジュペリの生涯』）
天才をめぐる“事実関係”を克明に記述
ポール・ウェブスター（『星の王子さまをさがして』）

対立・論争

◆ ドゴール派

フランス独立の立て役者。その過程で党派抗争を引き起こす
シャルル・ド=ゴール（自由フランス代表）
ド＝ゴール派でもヴィシー派でもない「中間派」を率いる
ジャック・マリタン（哲学者）

出世作『夜間飛行』の序文で絶賛
「自分を超人間的美徳に高める」

アンドレ・ジッド

『夜間飛行』の主人公は、非人情になることなしに、**自分を超人間的な美徳にまで高めている。**この生彩《せいさい》ある小説にあって、いちばん僕の気に入るのは、その崇高《すうこう》な点だ。人間の弱点や、ふしだらや、自堕落なぞは、世人の親しく見聞して知っているところでもあり、また今日の文学が、あまりにも巧みに描写提示してくれるところでもある。これに反して、人間の緊張した意志の力によってのみ到達できるあの自己超越の境地、あれこそ今日僕らが知りたいと思うところのものではないだろうか。

（中略）

サン＝テグジュペリは、この小説の中に取上げた事柄は、何もかも知りつくして書いている。絶えず危険に遭遇してきている彼の体験が、彼の書いた小説に、模倣しがたい実録的な興味を与えている。僕らは今日まで、無数の戦争小説や架空の冒険を取扱った小説を与えられてきたが、それらの作品にあっては、作者が時にその才能に弾力性のあることを立証するくらいが関の山で、これを読む真の冒険家や実戦家の笑いを買うのを禁じ得なかった。文学的価値からいっても僕の大いに推賞《すいしょう》するこの小説は、他方**実録としての価値をも持つ**。かくて思いがけずも合せ備えることになったこの二つの特色が、『夜間飛行』に、その例外的な重要性を付与《ふよ》しているのである。

(『夜間飛行』に寄せた序文より/『夜間飛行』/堀口大學訳/新潮文庫)

アンドレ・ジッド(一八六九~一九五一)

『狭き門』などで知られるフランスの小説家。『夜間飛行』に序文を寄せて、作家としてのメジャーデビューを後押ししました。

コンスエロ

妻がつづった二人だけの思い出
「『星の王子さま』の続きを書く」

アルジェに向かって飛び立つ前に、私を抱き締め、さようならを言ったときのあなたの声が、まだ耳に残っています。自分の心臓の鼓動のように、あなたの声が聞こえています。いつまでも聞こえつづけるでしょう。

「泣かないで。未知のものは、発見しようとすると美しいものだ。僕は国のために戦うつもりだ。**僕の目を見ないで。だって僕は、君の涙を見る悲しみと義務を果たす喜びで泣いているのだから。置いていかなければてはならない宝物を持っていることを、天に感謝したいくらいだ。**僕の家、僕の本、僕の犬。君が僕の代わりに守っていてほしい。毎日、二、三行手紙を書いておくれ。ほら、そうすれば電話で話しているようなものだし、僕らは決して離れない。君は永遠に僕の妻なんだから。一緒に同じものを見ることなく過ぎる日々の隔《へだ》たりを、二人で嘆こう。

お嬢さん、泣かないで。僕も泣いてしまう。僕は大きいから強そうに見えるけれど、じきに気を失いそうだ。そんなことになって、僕の指揮官か将軍が戸口にやって来たら、彼らは部下を誇りに思えないだろう！

それより僕のネクタイを直しておくれ。君の小さなハンカチをおくれ。そこに僕は『星の王子さま』の続きを書く。物語の終わりに、王子さまはそのハンカチを王女さまにあげるんだ。君はもう棘《とげ》のあるバラじゃなくなるだろう。いつまでも王子さまを待っている、夢の王女さまになるんだ」

（『バラの回想』コンスエロ／香川由利子訳／文藝春秋）

コンスエロ・ド・サン＝テグジュペリ（一九〇一～一九七九）

サン＝テグジュペリの妻。バラの花のモデル。自由奔放《じゆうほんぽう》に生きる二人は、傷つけ合いながらも、お互いを必要としていました。

ジャン・ルノワール

その誠実さに惚れ込む

「天才と誠実さは似ています」

親愛なるサン＝テックス（＊）

ずっと以前からお便りしたいと思っていました。正確に言うと、最後に電話した日の翌日からです。もう何ヶ月にもなるはずです。わたしには何年にもなるように思われます。

あなたの本がすごく気に入っています。よいか悪いかはわかりませんが、**誠実な本であることは確かです。**誠実な人たちに接したいという渇望《かつぼう》は、わたしにはとても強いのです。誠実な人は数少なくなりましたね。おそらく、天才が数少なくなったからでしょう。**天才と誠実さはすごく似ています。ふたりの兄弟ではなく、おなじ唯ひとりの人間だと思うほど似ています。**

（中略）

親愛なるサン=テックス、いろいろつまらぬことをしゃべったようですね。でも、今夜はあなたとおしゃべりがしたかったんです。この手紙で、あなたへの愛情のごく一部をお送りします。その全部を送らなければならないとしたら、大変な仕事になってしまいますからね。それにはまた一種の才能がなければなりませんが、ときどきはそれが見せられるとしても、今晩は駄目です。

あなたがどれくらい電気を帯びているにしても、それと接触して愚かな感傷《かんしょう》に陥らないようにすることほど難しいことはありませんから。

あなたのものなる ジャン・ルノワール

（『親愛なるジャン・ルノアール』山崎庸一郎・山崎紅子訳／ギャップ出版）

＊サン=テックスとはサンテグジュペリの愛称。

ジャン・ルノワール（一八九四〜一九七九）
当時のフランスを代表する映画監督。あの印象派の巨匠ルノアールの息子。『人間の土地』を映画化する計画を立てていました。

寺山修司

〝現実〟と『星の王子さま』の星との距離をつなぐ 「大人になったらどうなる？」

『星の王子さま』を何度か読み返しているうちに、あの話のなかの**『星の王子さま』がいつまでも子供であって、決して『星の王さま』には成長しないということころが気になり始めてきた。**子供というのは、現実規則とかかわらなくてもすむようになっているからである。

私は女学生たちをつかまえては、『星の王子さま』は大人になったらどうなると思うか？　と質問してみた。

「大人になったら、背広を着てサラリーマンになって、満員電車で通勤すると思うか？」

すると女学生たちは一様に首を振り、イヤらしいという顔をし、唯一の心の筐《こばこ》を汚れた手で触られたようなイヤな顔をした。

だが私には、くたびれたサラリーマン、いらだつ大学生と『星の王子さま』の星の間の、何億光年かの距離をつなぐ軌道を見出そうとはせずに、いつまでも「何百万の星のどれか」にあいまいに神話を遠ざけておくことは、犯罪のように思えてならない。

そこで**私は『星の王子さま』に復讐をしようと思って戯曲を書き始めた。**

（『ぼくが戦争に行くとき　反時代的な即興論文』／読売新聞社「便所の中の「星の王子さま」」より）

寺山修司（一九三五～一九八三）

劇作家、詩人、作家、映画監督、競馬評論家などとして、幅広い分野で活躍。演劇実験室「天井桟敷」を設立しました。

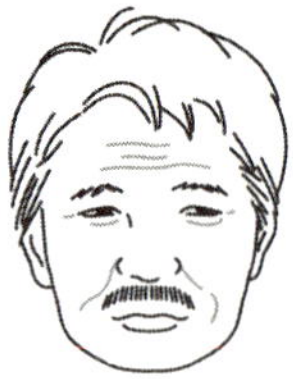

中上健次

星の王子さまを探しつづける「この僕にもしらせて頂きたい」

この一冊の美しすぎる童話をどう話したら良いのだろうか。

サン＝テグジュペリと云うフランスの作家が創作した唯一の童話「星の王子さま」のことである。

広大な砂漠の真中におりたった星の王子さまの純粋で透明な眼でみた大人の世界の批判とも云えるし、無垢そのものの美しさを表現した童話であるとも云える。

だがとにかく少年・青年・一般の大人をとわず、すべての人々にこの美しい童話を勧めたい。

（中略）

星の王子さまの眼が純粋無垢であるが由に大人たちの世界の文明批判になっていると云って良い。

この『星の王子さま』と云う童話を読んで、胸が痛くならない人は相当に鈍感であるか、汚物の塊のような人間であろう。

（中略）

現在においても、まだ星の王子さまは、地球にもどってきていないようである。もう地球にはこないのかもしれない。なぜなら、星の王子さまが、再びもどってくるほど、地球は美しくも、清潔でもないから。だが、もしやと思って、さがしつづける人々が居ることも事実であろう。**もし星の王子さまが地球にもどってきているのなら、この僕にもしらせて頂きたいと思う。**

（『中上健次エッセイ撰集［青春・ボーダー篇］』／恒文社　一九六六年七月一〇日『さんでージャーナル』初出）

中上健次（一九四六～一九九二）

和歌山県新宮市生まれの作家。南紀熊野を舞台にした数々の小説を残しています。

忘れた頃の王子さま
「これは失われたもののお話」

吉野朔実

私はこの本をいったい何冊買ったことでしょう。（中略）
たとえば友達に、友達の子供に、お誕生日や入学記念に、この本をもらって怒る人はいないだろうとかなんとか自分に言い聞かせながら、つい何度も買ってしまうのです。で、気が付くとやっぱり自分の手には残ってない。もともと読んだ本を手元に置いておこうという執着心は薄いのですが、案外この本がベストセラーであり続けているのは、私のようにひとりで何度も買っている人が多いからかもしれません。（中略）
私が感動したのは多分表現力です。**形のないものや、目には見えないものを説明する能力**。毎日毎日漫画を描いていた私が一番欲しいものでした。

さて、オリジナル版が出たということで凝りもせずにまた買ってみました。今回は、これは失われたもののお話なのだと思いました。**何かを失った人が、自分の中にまだ生きている「それ」のことをずうっと考えているのです**。失うことはあながち不幸とはいえません。ただ、忘れられない何かを思って生き続けるのは苦しい事です。私は自分の失ったものの事を考えました。あるいはまだ失われていないものの事を。

このオリジナル版は、おそらく無くさずにずっと持っていることが出来るでしょう。そしてまたふと本棚から掘り出して読んでみるのです。その時どんな事を思うのか、今の私にはわからないけれど。

（「ユリイカ」二〇〇〇年七月号／青土社）

吉野朔実
漫画家として一九八〇年デビュー。『ジュリエットの卵』『いたいけな瞳』などの作品で、繊細な心理を描き出し人気を博す。

『新訳 星の王子さま』
倉橋由美子訳
宝島社

版権が切れた後に出版された新訳の一つ。原文の乾いた静けさが伝わります。

『星の王子さま 愛蔵版』
内藤濯訳
岩波書店

アメリカでの初版本挿し絵の復刻版。生誕100年を記念してつくられました。

『夜間飛行』
堀口大學訳
新潮文庫

夜間の郵便飛行開拓時代を描きます。本書で作家としての名声を築きました。

『人間の土地』
堀口大學訳
新潮文庫

「一飛行家の感覚、心情、知性を寄せ集めたような作品」
アンドレ・ジッド

『戦う操縦士』
山崎庸一郎訳
みすず書房

アメリカ亡命中に書かれました。戦時下での人生の省察が綴られます。

『南方郵便機』
山崎庸一郎訳
みすず書房

サハラの中継基地キャップ・ジュビーで書かれた悩める若き日の著作です。

Saint-Exupéry books >>>

『母への手紙・若き日の手紙』
清水茂・山崎庸一郎訳
みすず書房

母と友人への手紙を集めた書簡集。若き日のスケッチをカラーで所収しています。

『人生に意味を』
渡辺一民訳
みすず書房

大戦前夜のモスクワ、スペインを訪れたルポルタージュを収録しています。

『ある人質への手紙
戦時の記録2』
山崎庸一郎訳
みすず書房

親友ヴェルトに捧げられた表題作やブルトンへの手紙を収録しています。

『平和か戦争か
戦時の記録1』
山崎庸一郎訳
みすず書房

大戦下の飛行大隊での日々と、ニューヨークでの孤独と焦燥を記録しています。

『城砦』
山崎庸一郎訳
みすず書房

1936年に書き始められ1943年の死によって未完のまま中断された思索の大著。

『心は二十歳さ
戦時の記録3』
山崎庸一郎訳
みすず書房

1943年11月から1944年7月までの最晩年を、多くの資料と証言で辿ります。

サン=テグジュペリのおもな著作12冊

天才をもっとよく知るために

『サン=テグジュペリの世界』
リュック・エスタン
山口三夫訳　山崎庸一郎
岩波書店

同時代の作家による評伝。サン=テグジュペリの成長や内面を考察しています。

『「星の王子さま」の誕生』
ナタリー・デ・ヴァリエール
山崎庸一郎監修
創元社　知の再発見双書

写真などの図版資料多数からサン=テグジュペリの人生を辿ります。

『バラの回想
夫サン=テグジュペリとの14年』
コンスエロ・ド・
サン=テグジュペリ
香川由利子訳
文藝春秋

妻コンスエロから見た夫サン=テグジュペリとの14年間を描いた手記。

『サン=テグジュペリの生涯』
ステイシー・シフ
檜垣嗣子訳
新潮社

綿密な調査に基づいた詳細な伝記です。その人生の光と影を資料から描きます。

『永遠の星の王子さま
サン=テグジュペリの
最後の日々』
ジョン・フィリップス他
山崎庸一郎訳
みすず書房

自由フランス軍に従軍していた最後の日々を写した貴重な写真集です。

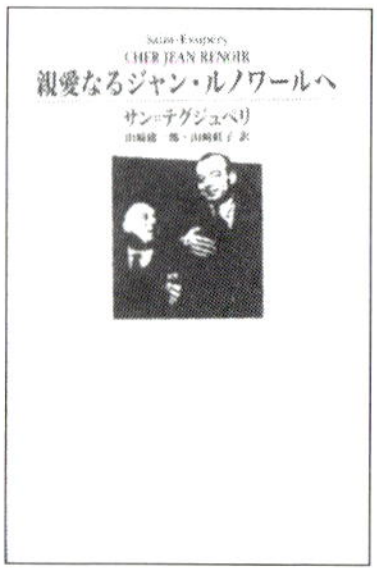

『親愛なるジャン・
ルノワールへ』
サン=テグジュペリ
山崎庸一郎・山崎紅子訳
ギャップ出版

『人間の大地』映画化に向けて交流を深めた映画監督との往復書簡集。

RELATED books >>>

『星の王子さまを探して』
ポール・ウェブスター
長島良三訳
角川文庫

シフの著作と並んで定評のあるサン=テグジュペリの浩瀚な伝記です。

『「星の王子さま」のひと』
山崎庸一郎
新潮文庫

日本におけるサン=テグジュペリ研究の第一人者がその人気の秘密に迫ります。

『人生の知恵3 サン=テグジュペリの言葉』
山崎庸一郎訳編
彌生書房

サン=テグジュペリの著作の中から「人生の知恵」の言葉を選んでいます。

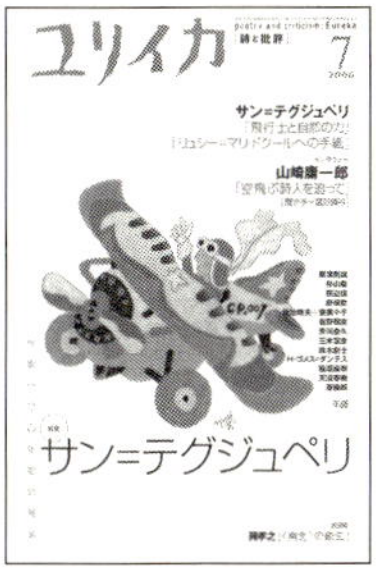

『ユリイカ』
2000年7月号
青土社

生誕百年を記念し特集が編まれました。小品も新たに訳出されています。

『サン=テグジュペリ星の言葉』
齋藤孝選訳
大和書房

ロマンティックな名言集。心いやされ、生きる勇気が湧く珠玉の言葉をセレクト。

『星の王子さまの世界 読み方くらべへの招待』
塚崎幹夫
中公新書

書かれた背景や象徴的な意味まで『星の王子さま』を読み込みます。

サン=テグジュペリを深める12冊

天才をもっとよく知るために

参考・引用文献

「サン＝テグジュペリのおもな著作12冊」「サン＝テグジュペリを深める12冊」に加えて
『星の王子さま』（サン＝テグジュペリ／池澤夏樹訳／集英社）
『手帖』（サン＝テグジュペリ／宇佐見英治訳／みすず書房）
『サン＝テグジュペリの生涯』（山崎庸一郎／新潮選書）
『寺山修司の戯曲４』（寺山修司／思潮社）
『ユリイカ　特集サン＝テグジュペリ』（二〇〇〇年七月／青土社）

齋藤 孝

1960年静岡県に生まれる。東京大学法学部卒業。同大学院教育学研究科博士課程を経て、明治大学文学部教授。専攻は教育学・身体論・コミュニケーション論。「斎藤メソッド」という私塾で独自の教育法を実践。主な著書に『身体感覚を取り戻す』（ＮＨＫブックス）、『声に出して読みたい日本語』（草思社）、『読書力』『コミュニケーション力』（岩波新書）、『質問力』『段取り力』（筑摩書房）、『天才の読み方――究極の元気術』『自己プロデュース力』『原稿用紙10枚を書く力』『人を10分ひきつける話す力』、美輪明宏との共著に『人生讃歌』（以上、大和書房）など多数。

齋藤孝《さいとうたかし》の天才伝《てんさいでん》2

サン＝テグジュペリ

大切《たいせつ》なことを忘《わす》れない「少年力《しょうねんりょく》」

2006年3月10日　第1刷発行

著　者　齋藤《さいとう》 孝《たかし》

発行者　南　暁

発行所　大和《だいわ》書房
東京都文京区関口1-33-4　〒112-0014

電　話　03(3203)4511

振　替　00160-9-64227

印刷所　歩プロセス

製本所　田中製本印刷

装　丁　　穴田淳子（ア・モール・デザインルーム）

装　画　　しりあがり寿

本文イラスト　イラ姫　市川美里（マイルストーンデザイン）

編集協力　　荒井敏由紀
　　　　　　どりむ社

図版提供 Succession A. de Saint-Exupéry
協　　力 ㈱Le Petit Prince 星の王子さま

ISBN4-479-79152-3

http://www.daiwashobo.co.jp